U0532272

二十首情诗与一首绝望的歌

[智利] 巴勃罗·聂鲁达——著

赵沫——译

PABLO NERUDA

四川人民出版社

图书在版编目（CIP）数据

二十首情诗与一首绝望的歌 /(智) 巴勃罗·聂鲁达著；赵沫译. -- 成都：四川人民出版社，2024.1
ISBN 978-7-220-13542-2

Ⅰ.①二… Ⅱ.①巴… ②赵… Ⅲ.①诗集—智利—现代 Ⅳ.①I784.25

中国国家版本馆CIP数据核字（2023）第235018号

ERSHISHOU QINGSHI YU YISHOU JUEWANG DE GE
二十首情诗与一首绝望的歌
[智利] 巴勃罗·聂鲁达 著　赵沫 译

出 版 人	黄立新
出 品 人	武　亮　刘一寒
策　　划	郭　健　石　龙
责任编辑	陈　纯
特约校对	陈雪嫒
产品经理	星　芳　宫丹妮
封面设计	末末美书
版式设计	沐　雨
出版发行	四川人民出版社（成都三色路238号）
网　　址	http://www.scpph.com
E-mail	scrmcbs@sina.com
新浪微博	@四川人民出版社
微信公众号	四川人民出版社
发行部业务电话	（028）86361653　86361656
防盗版举报电话	（028）86361653
照　　排	天津书田图书有限公司
印　　刷	天津光之彩印刷有限公司
成品尺寸	130 mm×190 mm
印　　张	9.25
字　　数	131千
版　　次	2024年1月第1版
印　　次	2024年1月第1次印刷
书　　号	978-7-220-13542-2
定　　价	58.00元

■版权所有·侵权必究

本书若出现印装质量问题，请与我社发行部联系调换
电话：（028）86361656

目录
Content

二十首情诗与一首绝望的歌

二十首诗　　　　　　003

绝望的歌　　　　　　039

船长的诗

爱　　　　　　　　　053

渴望　　　　　　　　091

愤怒　　　　　　　　099

生命　　　　　　　　125

赞歌与萌芽　　　　　145

贺婚诗　　　　　　　163

路上的信　　　　　　175

一百首爱情十四行诗

早晨　　　　　　　　187

中午　　　　　　　　221

下午　　　　　　　　243

夜　　　　　　　　　269

二十首情诗与一首绝望的歌

*Veinte poemas de amor y
una canción desesperada*

二十首诗

Los veinte poemas

1

女人的身体,雪白的山峰,雪白的大腿,
交出自己时的你,就像整个世界。
我以粗野村夫的身体侵毁着你
大地尽头之子,随之雀跃。

我如隧道般独自一人。鸟儿们躲着我
夜猛烈地侵袭着我。
为了自救,我将你锻造成武器,
你是我的弓上箭,弹中石。

但报复的时刻降临,而我爱上了你。
皮囊之躯,苔藓之躯,贪婪又坚实的乳水之躯。
啊,圆杯似的乳房!啊,疏离失神的双眼!
啊,玫瑰似的阴部!啊,娓娓伤感的声音!

我的女人的身体,我将沉迷在你的温柔之乡。
我的渴求,我的无尽贪执,我的未明之路!
黑暗的沟渠里流动着永恒的热望,
随之疲乏,继而痛苦,无休无止。

2

死亡的光焰里,火光笼罩着你。
无心顾及,痛苦苍白,你就这样站着
晚霞中古旧的螺旋
在你的周身围绕。

沉默着,我的朋友,
独自在死亡时刻的孤独里
充满炽焰的生命,
这遭受毁灭的白日纯粹的继承者。

一缕阳光洒在你的深色外衣上。
夜晚那些庞大的根茎
突然从你的灵魂中疯长,
隐藏在你体内的东西再次显现,
一个苍白而蓝色的种族
刚从你那里出生,就已获得滋养。

啊，伟大、富饶又迷人的奴隶
臣服于黑色与金色缠绕的圆圈：
挺立，试图实现这鲜活的缔造
以致花朵凋零，满怀忧伤。

3

啊,广袤的松林,海浪破碎的谣言,
缓慢的光影游戏,孤独的钟声,
暮色落入你眼中,玩具娃娃,
沙土里的小海螺,大地在你体内歌唱!

河水在你体内歌唱,我的灵魂浸入其中
如你所愿,去到你想去的地方。
用你的希望之弓为我指明方向
我会狂热地释放出我一束束的箭。

我看到你薄雾般的腰肢在我左右
你的沉默追击着我悲伤的时光,
你那透明石块般的手臂
是我的吻停泊、我潮湿的欲望筑巢的地方。

啊,你神秘的声音,被爱渲染和放大
在日落中回响并消亡!
在深沉的麦田时光里,我看到
麦穗在风的唇旁弯下腰身。

4

这是一个暴风雨降临的清晨
在夏天的心中。

白色告别手帕般的云彩在漫游,
风用它旅行者的手摇动它们。

数不尽的风之心
跳动在你我的无言之爱中。

林间的沙沙作响,如管弦乐般神圣地回响,
仿佛一种诉说战争与歌声的语言。

风,狂舞着袭走枯叶
让跳动箭矢般的鸟群偏离了方向。

风翻卷她,化之于无沫之浪
无重之物,倾斜之火中。

她无数的吻破裂并沉浸
在夏之风的门口战斗。

5

为了让你听到我
我的话语
有时会变得纤弱
就像沙滩上海鸥留下的足迹。

手链,醉酒的铃铛
配在你葡萄般光滑的手上。

我远远地望着自己的话语。
比起我的,它们更像是你的。
它们如常春藤般爬上我的旧痛陈伤。

它们沿着潮湿的墙面向上。
你是这场血腥游戏的罪魁祸首。

它们逃离了我黑暗的巢穴。
你填满这一切,填满这一切。

在你之前这里常驻的是孤独,
它们比你更习惯我的悲伤。

现在我要让它们告诉你我想诉说的一切
如此你便能听到我想让你听到的话语。

痛苦的风依旧常把它们卷起。
梦的飓风有时会将它们击倒。

你听到我痛苦声音中的其他声音。
旧日口中的叹息,旧日哀求中的鲜血。
爱我吧,我的同伴。别抛弃我。追随着我。
追随我,我的同伴,在这痛苦的浪潮里。

但你的爱慢慢晕染着我的话语。
你占据这一切,占据这一切。

我会将它们做成一条永恒的手链
配在你白嫩的手上,光滑如葡萄。

6

我记得你去年秋天的模样。
灰色的贝雷帽与一颗沉静的心。
你的眼眸里,晚霞的火光在激战。
落叶飘落在你灵魂的水中。

你像藤蔓一样缠绕我的手臂,
落叶收集着你缓慢而平静的声音。
在惊愕的篝火中,我的渴望在燃烧。
甜美的蓝色风信子,缠绕我的灵魂。

我知道你的双眼在漫游,秋天已然远去:
灰色贝雷帽,鸟的声音,房子般的心
那是我深切的渴望,想要迁徙的地方
那是我欢快的吻像火炭般坠落的地方。

船上的天空。山丘下的田野。
你的记忆以光、以烟、以平静的池塘组成!
你的眼眸中落霞在燃烧。
秋天的枯叶在你的灵魂中飘旋。

7

倚身在暮色中,我将忧伤的网
撒向你大海般的双眸。

我的孤独,在最高的篝火中蔓延、燃烧
如遭遇沉船般挥舞着手臂。

我向你迷离的眼眸发出红色信号
你的双眸涌动,如同围绕灯塔的浪花。

你只保留了无尽黑暗,我遥远的女人,
惊恐的海岸时而从你的目光中浮现。

倚身在暮色中,我将忧伤的网
撒向你大海般的双眸。

暗夜的鸟儿啄食着初现的繁星
星光熠熠,像爱你时我的魂灵。

夜晚骑着暗夜母马疾驰
将蓝色的花穗撒满田野。

8

白色的蜜蜂嗡嗡作响,沉醉蜜中,在我的灵魂里
你飞旋在缓慢的烟幕旋涡中。

我是个绝望的人,是没有回声的话语,
是一个失去一切,也拥有一切的人。

最后的缆绳,你牵系着我最后的忧虑。
在我荒芜的土地上,你是最后一朵玫瑰。

啊,沉默的人!

闭上你深邃的眼睛。夜在那里扇动翅膀。
啊,你那战栗的如雕像般的身体赤裸着。

你深邃的眼睛,夜在那里扇动翅膀。
清凉的花的手臂和玫瑰的膝盖。

你的乳房如雪白的蜗牛。
一只暗影蝴蝶飞落到你的肚皮上安睡。

啊，沉默的人！

这里有因你缺席而生的孤独。
下雨了，海风捕猎流浪的海鸥。

雨水赤脚般漫步在湿漉漉的街道。
树叶，如病人般，抱怨那棵树。

白色的蜜蜂，虽不在这里，却在我的灵魂中嗡嗡作响。
你在时间中复活，纤细而沉默。

啊，沉默的人！

9

迷醉在松香和绵长的吻中，
夏日，我驾驶着玫瑰帆船，
向着干枯一日的灭亡绕航，
根植于对大海坚定的痴狂。

苍白无力地呆立在吞噬之水中
我在裸露气候的酸味中穿行，
仍然身着灰衣，发出苦涩的声音，
和一个被遗弃的浪花形成悲伤的盔顶。

我来了，心怀坚定的热忱，骑上我唯一的海浪，
月亮，太阳，炎热与寒冷，突然间，
我熟睡在幸运岛屿的喉部
洁白、甜美的岛屿一如清凉的臀部。

我的吻之衣在潮湿的夜里战栗
它被疯狂的电流冲击，
以英雄的方式分裂成梦境
和醉人的玫瑰，实践在我身上。

逆水上游,在外围的浪花中,
你平行的身子被我圈于双臂间
像一条小鱼,与我的灵魂无限贴合
在天空下的能量中,或快或慢。

10

我们已经错过了这个黄昏。
当暗蓝的夜降临世界
这个午后没有人看见我们手牵着手。

我从窗边望去
在远处山丘上举行着西天的庆典。

有时像一枚硬币
一小块阳光在我的双手间燃烧了起来。

我忆及你,灵魂缩紧
你熟知我的悲伤。

所以,当时你在哪里?
和什么人?
在说些什么?
为何我所有的爱倾泻而至
当我深感悲伤,而你却在远方?

总在黄昏时拿起的那本书掉在地上,
我的披风像一只受伤的狗在我脚边徘徊。

总是这样,你总是在午后离开
去往那暮光中抚摸映照雕像之地。

11

几乎在天空之外,半个月亮
锚定在两座山之间。
旋转、流浪的夜,收摄一切的双眼。
看看有多少星星破碎在池塘里。

在我的眉间画下一个哀悼的十字,逃离。
蓝色金属的锻炉,静寂的决斗之夜,
我的心如疯狂之轮般旋转。
来自远方的女孩,被带到如此遥远的地方,
有时她的目光在天空之下闪耀着光芒。
哀怨、暴风雨、愤怒的旋涡,
不停地在我心头缠绕交织。
坟墓的风带走、摧毁、驱散你昏睡的根。
在她的身侧,大树被连根拔起。
但你,清丽的女孩,你是疑惑的烟云、谷穗。
你是风用发光的叶子构成的。
在夜晚群山的背后,烈火中的白色百合,
啊,我无法言说!她是万物之作。

焦虑已将我的胸膛切成碎片，
是时候去走另一条路了，在那里她不会微笑。
暴风雨安葬钟鸣，暴风雨浑浊的喧嚣
为何要触碰她，为何让她惆怅哀伤。
啊，走上一条远离一切的路，
那里没有痛苦、死亡与严冬，
晨露间睁开微明的双眼。

12

我的心只要你的胸脯就已足够，
就像你的自由仅需我的翅膀。
那沉睡在你灵魂上的东西
将从我的嘴升至天空。

每日的幻想都在你那里。
你的到来如同露水滴落在花冠上。
你的缺席损蚀地平线。
你如海浪般永远消散。

我曾说你在风中歌唱
如松林，如樯桅。
如它们一样，沉默而伟岸。
你突然陷入忧伤，如同一次远航。

你如一条古道般温暖。
在你身上萦绕着思乡的余音。
我醒来，是因为那些安睡在你灵魂深处的鸟儿
时而迁徙，时而逃离。

13

我用燃火的十字
标记在你身体的白色地图上。
我的唇如同一只躲躲藏藏的蜘蛛。
在你身上,在你身后,颤抖着,渴求着。

在暮色的岸边讲故事给你听,
悲伤而甜美的洋娃娃,你不会再悲伤。
一只天鹅、一棵树,那些遥远而快乐的事物。
葡萄的时刻,成熟与果实的季节。

我住的码头,是我对你的爱伊始的地方。
孤独在梦境与沉默间交织。
被困在大海与悲伤之间。
静默的,狂妄的,在两位不动的船夫之间。

在嘴唇与声音之间,有些东西正在消亡。
有鸟儿的翅膀,有痛苦与遗忘。
如同网无法兜住海水一样。
我的洋娃娃,只剩少量的水珠颤抖着。

但是,从这些转瞬即逝的话语中,仍有些什么在歌唱。

有些什么在歌唱,有些什么爬上了我贪婪的唇边。
哦,我可以用所有快乐的话语赞颂你。
歌唱,燃烧,逃离,就像疯子手中的钟楼。
我悲伤的温柔啊,你突然间怎么了?
在我到达最危险又最寒冷的顶点时
我的心如暗夜中的花朵般闭合。

14

你每天与宇宙之光嬉闹。
纤柔的访客,你在花与水之间来访。
你不仅是我紧紧抱着的白闪闪的小脑袋
更像是每日我捧在手中的一簇花。

从我爱上你的那刻起,你便不再和任何人相像。
让我将你放在黄色的花环中。
是谁在南方的星辰中用烟的字母写下你的名字?
啊,让我记起你当时的模样,当你还不存在的时候。

突然狂风呼啸敲打着我紧闭的窗。
天空是一张网,塞满阴沉的鱼。
所有的风都跑来这里释放,所有的风。
雨也脱去身上的衣服。

鸟儿飞过,逃遁。
风啊。风啊。
我只能与人类的力量对抗。
暴风雨翻卷着黑色的树叶

解脱了所有昨晚停泊在天际的渔船。

你就在这里。啊,你没有逃离。
你连我最后的呼喊都会回应。
你像心有所惧般蜷缩在我身旁。
然而,有一道奇怪的暗影在你的眼睛里。

此刻,还有此刻,小家伙,你给我带来了忍冬,
甚至连你的胸前都散发出浓郁的馨香。
当疾驰的悲风斩杀蝴蝶
我爱着你,我的快乐咬噬着你李子般的唇。

适应我是多么痛苦的过程啊,
我孤独而狂野的灵魂,我的名字令所有人避之不及。
我们无数次看着燃火的星星亲吻我们的眼睛
在我们的头顶上空,暮色霞光如巨大的扇面旋转展开。

我的话语如滂沱大雨倾泻而下,抚摸着你。
很久以前,我便爱上了你阳光下珍珠母般的身体。

我甚至相信,你是宇宙之主。
我会为你带来山上的快乐小花,喇叭藤,
黑榛子,盛满了野生之吻的篮子。

我想对你做
春天对樱桃树做的事。

15

我喜欢沉默的你，因为你仿佛消失了，
你从远方听到我，我的声音却无法将你触及。
好像你的双眼已振翅高飞
好像一个吻封印了你的唇。

就像万物充满了我的灵魂
你从万物中浮现，充满了我的灵魂。
梦之蝴蝶，你就像我的灵魂，
你就像"忧郁"这个词本身。

我喜欢沉默的你，仿佛你在遥远的地方。
好像你在哀叹，像蝴蝶般咕咕作响。
你从远方听到我，而我的声音却无法触碰到你：
让我伴着你的沉默一同沉默。

让我用你的沉默与你说话
像一盏灯光般明亮，像一枚戒指般简单。
你就像那暗夜，沉默而星光闪耀。

你的沉默如星辰，如此遥远而单纯。

我喜欢沉默的你，因为你仿佛消失了。
如此遥远而痛苦，仿佛你已经逝去。
只一句话，一个微笑便已足够。
而我感到欢喜，因这一切并非真的而欢喜。

16

意译泰戈尔作品

在我黄昏的天空里你像一片云
你的色彩和姿态正合我的心意。
你是我的,你就是我的,双唇甜美的女人,
你的生命里栖息着我无尽的梦想。

我灵魂的灯使你的双脚蒙上玫瑰色,
我酸涩的酒在你唇上变得更加香甜:
哦,我黄昏之歌的收割者,
我孤独的梦相信着你是我的!

你是我的,是我的,我在午后的微风中呼喊
风拖曳着我那丧偶般的声音。
我深入眼中的女猎手,你的抢夺
让你暗夜的双眸如水一般宁静。

在我的音乐之网中,你是我的猎物,我的爱,
我的音乐之网如天空般广阔。
我的灵魂诞生在你幽怨双眼的岸边。
在你幽怨的眼神中,梦之国度开始形成。

17

沉思中,暗影缠绕进深邃的孤独。
你也在远方,啊,比任何人都遥远。
沉思中,放飞鸟儿,渐失不见,
埋葬灯。
海雾中的钟楼,如此遥远,就在那里!
湮灭哀伤,碾碎黯淡的希望,
沉默无言的磨坊工,
夜色在你身旁降临,远离了城市。

你的存在于我而言是陌生的,如同他物一般。
我思考,在长路上前行,是遇见你之前我的生活。
那是我无足轻重的生活,我苦涩的生活。
面对大海的怒吼,荡于岩间,
自在奔跑,疯狂,在海雾弥漫间。
悲伤的愤怒,嘶吼,大海的孤独。
崩坏,狂暴,向天际延伸。

你,女人,你在那里是什么样?什么线条,什么扇骨
在巨大的扇子中?你亦如此时一般遥远。

森林大火！以蓝色的十字熊熊燃烧。

燃烧，燃烧，火焰四射，在火光之树上闪耀。

轰然倒地，噼啪作响。大火，大火。

我的灵魂在火屑的伤痕中起舞。

谁在呼唤？什么样的寂静中充满回响？

乡愁的时刻，欢愉的时刻，孤独的时刻，

现在正是我的时刻！

号角通过风传递歌唱。

想要痛哭的欲望在我的体内缠结。

所有根茎在撼动，

所有海浪在攻击！

我的灵魂在游荡，快乐，悲伤，永无止境。

沉思中，把灯埋入深邃的孤独中。

你是谁，是谁？

18

我在这里爱你。
在幽暗的松林中,风解开了自己。
月色如磷光映照水面。
日复一日,相互追逐。

薄雾化作舞动的身影。
银色的海鸥在日落中俯冲。
有时是孤帆。高高的,高高的繁星出现天边。

或者,船的黑色十字。
独自怆然。
有我在清晨醒来,甚至我的灵魂也是湿的。
远处的大海洪波声声,阵阵回响。
这是一个港口。
我在这里爱你。

我在这里爱你,而地平线徒劳地将你掩藏。
在这些寒景冷物间我也依然爱你。

有时我的吻登上这些沉重的船只,
在海中游荡去往那永远无法到达的地方。

我已身如旧锚般被遗忘。
暮色降临,码头更显忧伤。

我的生命疲乏,徒劳饥饿。
我爱上了我没有的东西。你如此遥远。

我的厌倦与缓慢的黄昏搏斗。
但暗夜已至,并开始对我唱歌。
月亮转动它梦的齿轮。

最大的星星借着你的双眼望向我。
因为我在这里爱着你,风中的松树
想用它们的针叶歌唱你的名字。

19

活泼的麦色女孩,正是那让果实成熟,
让小麦丰实,海藻卷曲的阳光,
给了你欢愉的身体,发亮的深眸
还有你如水般微笑的双唇。

当你双臂伸展,黑色的热切的阳光
化成你丝带中的束束青丝。
你与阳光嬉戏着,仿佛它是小溪般
在你的双眸留下两处深色浅滩。

活泼的麦色女孩,没有什么能让我更接近你。
你的一切都使我远离,如远离正午般。
你是蜜蜂疯狂的青春,
海浪的微醺,麦穗的力量。

然而我阴郁的心依然找寻着你,
我爱你欢愉的身体,我爱你慵迷的声音。
甜美而坚毅的麦色蝴蝶,
如同麦田与阳光,虞美人与水。

20

今夜我能写出最忧伤的诗行。

写出，譬如："夜空布满星辰，
那些星颤抖着，在远处闪耀着蓝光。"

晚风在天空中盘旋歌唱。

今夜我能写出最忧伤的诗行。
我爱她，有时她也爱我。

在今夜般的夜色中，我曾拥她入怀。
我在无尽的天空下将她一遍遍拥吻。

她爱我，有时我也爱她。
怎能不爱她专注的大大的双眸。

今夜我能写出最忧伤的诗行。
想着我不再拥有她。感受着我已失去她。

静静听着浩瀚的夜晚，因没有她而更加浩瀚。
诗行落于灵魂，一如晨露坠于草地。

我的爱没能留住她又怎样。
夜空布满星辰，她却不在我身边。

这就是全部。远处有人在歌唱。在远处。
我的灵魂因失去她而不甘。

我的眼找寻着她如同要靠近她。
我的心找寻着她，她却不在我身边。

相同的夜沁白了相同的树木。
我们，曾经的人，却已不再如初。

我不再爱她，这是真的，但我曾那么深爱过她。
我的声音追逐着风去触碰她的耳朵。

别人的。她将是别人的。就像我曾经的那些吻。
她的声音,她皎洁的身体。她浩瀚的眼睛。

我不再爱她,这是真的,但也许我还爱着她。
爱是如此短暂,遗忘是如此漫长。

一如此时的夜空下,我曾拥她入怀,
我的灵魂因失去她而不甘。

尽管,这是她带给我的最后的痛苦,
这也是我写给她最后的诗行。

绝望的歌

La canción desesperada

与你有关的回忆涌现在这有我的夜里。
河水把它顽固的哀叹凝结入海。

如拂晓中的码头般被人遗弃。
是时候离开了,哦,被遗弃的人!

阴冷的花冠如雨滴般洒落在我的心头。
哦,满是瓦砾的污水沟,失事船只的凶猛洞穴!

硝烟与羽翼在你的身上集聚。
歌唱的鸟儿从你的身上振翅起飞。

你吞噬了一切,一如远方。
如同海水,如同时间。一切在你身上沉入海底!

这是欢聚与亲吻的快乐时刻。
惊讶的时刻如灯塔般燃烧。

领航员的焦急，盲目潜水者的愤怒，
爱的迷乱与陶醉，一切在你身上沉入海底！

在迷雾的童年，我的灵魂生出翅膀并且受伤。
迷途的探险者，一切在你身上沉入海底！

你攀缠痛苦，你紧抓欲望。
悲伤将你掩埋，一切在你身上沉入海底！

我让阴暗的墙壁退后，
我在欲望与行动之上行走。

哦，肉体，属于我的肉体，我曾爱过又失去的女人，
在这潮湿的时刻，我召唤你，唱起了歌。

你如同一只杯子，留住无尽的温柔，
而无尽的遗忘如同打碎一只杯子般打碎你。

那是黑色,是小岛上黑色的孤独,
在那里,爱的女人,你的双臂拥抱了我。

那里有干渴和饥饿,而你是鲜果。
那里有忧伤和废墟,而你是奇光。

啊,女人,我都不知你是怎样包容我的
在你灵魂的土地上,在你交叉的臂弯里!

我对你的渴望最是可怕而短暂,
最是混乱而沉醉,最是紧张而贪婪。

亲吻之坟,你的坟墓仍有火光闪耀,
被众鸟啄食的硕硕果实,仍在燃烧。

哦,被咬噬的嘴唇,哦,被亲吻的四肢,
哦,饥饿的牙齿,哦,缠绵交融的身体。

哦，希望与力量的疯狂结合
我们交织成结又无助绝望。

而那温柔，如水似粉般轻柔。
而那话语无法说出口。

这是我的命运，我的热望在那里行走，
我的热望在那里坠落，一切在你身上沉入海底！

哦，满是瓦砾的污水沟，一切在你身上坠落，
什么痛苦没有逼迫过你，什么海浪没有淹没过你。

在浪峰与浪峰之间，你依然在呼喊和歌唱
如同水手般矗立在船头。

你仍在歌声中绽放，在激流中破浪。
哦，满是瓦砾的污水沟，敞开的苦涩井口。

苍白的盲目的潜水者，怯懦的弹弓手，
迷途的探险者，一切在你身上沉入海底！

是时候离开了，在这艰苦又寒冷的时刻
夜操控着全部的时刻。

大海喧闹的腰带缠绕着沙滩。
清冷的繁星升起，黑色的鸟群在迁徙。

如拂晓中的码头般被人遗弃。
只有颤抖的影子在我的双手间缠绕。

啊，超越一切。哦，超越一切。

是时候离开了。啊，被遗弃的人！

船长的诗

Los versos del Capitán

哈瓦那，1951年10月3日

尊敬的先生：[1]

请允许我向您呈上这些文稿，我相信您会感兴趣的。时至今日，方有此机会将其公之于众。

我保留了所有这些诗歌的原稿。它们写在各种地方，火车上、飞机上、咖啡馆里，写在一些奇奇怪怪的小纸片上，上面几乎没有任何修改。他最后寄来的一封信是《路上的信》。这些皱巴巴的纸张上，字迹隐于残片，几近无法辨识，但好在我最终还是破解了它们。

微不足道的我，却是本书的女主，我也因此为自己的整个人生感到自豪与满足。

这份爱，这份磅礴的爱，始于某年的8月，那时的我正作为一名艺术家在法国和西班牙边境的村庄旅行。

他刚从西班牙的战火中归来，却依然斗志昂

---

[1] 我们在此复制了这本书作者匿名版本的序言信。

扬。他隶属于激情党人①，对自己在中美洲的故乡满怀希望。

我很遗憾不能告诉您他的名字，事实上我也从未知晓他真正的名字，是马丁内斯、拉米雷斯，还是桑切斯。我只称他为"我的船长"，而这也是我想在本书中保留的名字。

他诗如其人：温暖、有爱、激情，但发起怒来又很可怕。他很强大，每个靠近的人都能感受其力量。他是一个天生的领袖，注定要成就伟业。我感受着他的力量，我最大的快乐就是感觉到自己在他身旁。

他闯入了我的生活，如同他在诗中所言，猛地推开了门，而不是像恋人那样羞涩地敲门。从一开始，他就认定了他是我身体和灵魂的主人。他让我感觉到生命中的一切都变了模样，我曾经舒适、安逸、平等的小艺术家生活，因他的触碰而改变。

他不理解温和的情感，也无法接受它们。他全身心地爱着我，用他能感受到的所有炽火般的

---

① 这里并不代表党派，"Pasionaria"意为"激情之花"，代表聂鲁达具有激情和坚定决心的特质。

047

激情。而我也爱着他，是让曾经的自己难以置信的一往情深。生活的一切从此都变了模样，我进入了一个从未梦想过的世界。最初的恐惧，些许的迟疑，但爱战胜了一切徘徊和犹豫。

这段爱赐予了我一切。当他为我寻找一朵花、一个玩具或一块河里的石子时，他是如此纯真又温柔。他含泪的双眼中藏着无尽的柔情，在那一刻，那双大手是如此轻柔，那双眼眸里住着一个孩童的灵魂。

然而我有着他所不知的那些过往，这让他难以控制地嫉妒和愤怒。这些情绪如狂怒的暴风雨般横扫我们的灵魂，但它们却从未有力量能打破我们之间的纽带，那就是我们的爱。每次暴风雨过后，我们都更加团结、强大、坚信彼此。

在这样的时光里，他写下了这些诗，我在他如火焰般灼烧的粗暴的文字中，在天堂与地狱间往来穿梭。

这就是他爱的方式，别无他法。这些诗歌是我们爱的故事，伟大的爱的所有表现形式。他的激情在战斗中，在对抗不公正的斗争中，他为所有人的苦难、贫穷感到痛苦，不仅为他的人民，也为全世界的人民。他全身心地投入,燃尽自己全部的激情去战斗。

我不擅长文学,除了知道它们无疑具有人文价值,再无法辨识其他。也许,船长从未想过有一天这些诗会被出版,但现在,我想我有责任将之献予这个世界。

向您致以诚挚的问候。

罗萨里奥·德·拉·塞尔达

解释

很多人讨论此书匿名出版一事。然而,我内心却反复辩论着是否应将其从我秘密的源头中抽剥出来:揭示它的来源,如同曝光其隐秘的身世。在我看来,此举背离了那爱与怒的狂潮,也背离了创作时那哀伤又炽热的氛围。

另一方面,我又觉得所有书籍或许都该是匿名的。然而,在去掉我所有作品的署名和把它交给最神秘的人之间,我最终妥协了,虽然其中伴着不甘。

此书何以保持神秘多时?无所为其因,万事皆为其因,为这里,为那里,为不合时宜的快乐,为别人的痛苦。当我魅力四射的朋友保罗·里奇,在1952年首次在那不勒斯[①]印制此书时,我们曾以为这些他精心制作的少量印本会在南方的沙滩上消失无踪。

但事实并非如此。生活揭示了这炸裂开来的秘密,用它不可撼动的爱,赋予我身。

[①] Napoli,意大利第三大城市。

我将本书献上，不复多言，它似是、又似非我之物：它能独行于这人世，凭己之力独自生长，足矣。此刻，既然我承认了它，那么期盼它愤怒的鲜血也同样能承认我。

巴勃罗·聂鲁达
黑岛①，1963年11月

---

① Isla Negra，即内格拉岛，智利瓦尔帕莱索南部的一个滨海小村落。聂鲁达故居位于此地。

爱

El amor

在大地中

小
玫瑰,
小小的玫瑰,
有时,
娇小而赤裸,
好像
在我的一只手中
就能装下小小的你,
就这样我要握紧你
把你带到我的嘴边,
但
突然
你我双足相碰,你我双唇相依。
你长大了,
你的肩膀渐隆如两座山丘,
你的乳房在我胸前徘徊,
我的手臂几乎无法环住你那
如新月线条般的腰肢:

在爱中,你如海水般释放自己:
我几乎无法估量天空中最广阔的双眼
我俯身靠近你的嘴,亲吻大地。

王后

我册封你为王后。
有的女人比你更高挑,更高挑。
有的女人比你更纯真,更纯真。
有的女人比你更貌美,更貌美。

但你是王后。

当你走在街上
没人认出你。
没人看到你的水晶王冠,没人看到那条
金红色地毯
铺在你所到之处,
那条不存在的地毯。

你出现时
所有河流都在鸣响
在我的身体里,钟声
震动天际,
一首赞诗充满整个世界。

唯有你和我。

唯有你和我,我的爱人,

我们聆听着。

陶器工人

你的整个身子有
注定属于我的酒杯或蜜糖。

我向上游移的手
在你的每寸肌肤上都找到一只白鸽
它在找寻着我,就像
你,亲爱的,是用黏土制成的
为我自己的陶工之手。

你的膝,你的乳,
你的腰肢
是我身体里缺失的部分,就像
干涸大地上的空洞
它们在那里形成了
一个形状,
连在一起
我们完整得像一条河,
像一粒沙。

九月八日

今天,这一天是盛满的酒杯,
今天,这一天是巨大的海浪,
今天,是整个大地。

今天狂风暴雨的大海
在一个吻中将你我举起
如此之高让我们颤抖
在闪电的光芒下
然后,紧紧捆绑在一起,我们向下
沉没,没有被解开。

今天我们的身体变得广大,
扩大到了世界的尽头
它们翻滚、熔化
变成一滴
蜡或流星。

在你与我之间一扇新的大门开启
有一个人,脸庞尚未成形,
就在那里等着我们。

你的脚

当我看不到你的脸时
我看向你的脚。

你弓形骨的脚,
你坚硬的小脚。

我知道它们在支撑着你,
你轻柔的分量
立在它们之上。

你的腰肢和乳房,
你紫红色的
一对乳头,
你的眼眸之匣
刚刚飞走,
你果实般的宽唇,
你的红发,
我小小的塔。

但我爱你的双脚
只因它们踏行于
大地之上
随风游走,穿越水面,
直到它们找到了我。

你的双手

当你的双手伸出,
亲爱的,伸向我的手,
飞翔的它们要带给我什么?
它们为什么停在
我的嘴边,突然间,
为什么我会认得它们
就像那时一样,从前,
我曾触碰过它们,
就像在这之前
它们曾轻滑过
我的额头,我的腰间?

它们的柔情
飞越时间而来,
跨过海洋,穿过迷雾,
越过春天,
当你将双手
放在我的胸前,
我认出了那双翅膀

金色鸽子的翅膀,
我认出了那黏土
还有那小麦的颜色。

在我生命中的岁月
我到处寻找它们。
我爬上楼梯,
我穿越道路,
火车载我疾驰,
海水将我运送,
触碰着葡萄皮
我仿佛在抚摸着你。
木料突然带给了我
你的联系方式,
杏仁告诉了我
你秘密的柔软,
直到它们合拢
你的双手放在我的胸前
在那里就像两只翅膀
结束了它们的旅程。

你的笑容

如果你要拿就拿走我的面包
拿走我的空气,但是
不要拿走你的笑容。

不要拿走我的玫瑰,
那是你脱壳的长矛,
绽放的水花
突然在你的喜悦中迸发,
骤放的浪花
诞生在你的花草上。

我在艰难的斗争后归来
带着满眼疲惫
因为不时我看到
一成不变的大地,
但当你的笑声响起
它升上天空找寻我
为我打开所有
生命的大门

我的爱,在
最黑暗的时刻绽放
你的笑容,如果突然
你看到我的血迹
浸染在街旁的石头上,
请你微笑吧,因为你的笑容
将在我手中
成为一把清冽的宝剑。

秋日的海边,
你的笑容激起
飞沫四溅的瀑布,
春日里,亲爱的,
我希望你的笑容
如我热盼的花儿一般,
如蓝花,如玫瑰
开在我响亮的祖国。

笑那夜晚,

笑那白昼，笑那月光，
笑那小岛上
蜿蜒的小路，
笑这个笨拙
却深爱你的男孩，
但当我睁开
又闭上双眼，
当我的脚步离开，
当我的脚步又回来，
你可以拒绝给我面包、空气、
阳光、春天，
但一定不要拒绝把你的笑容给我
不然我将无法存活。

变心

我的目光不自觉地
追随一位刚刚经过的
皮肤黝黑的女孩。

她由黑色的珍珠母做成,
由深紫色的葡萄做成,
她鞭打我的血液
用她火焰般的尾巴。

在所有这一切
我追随着。

一位光鲜的金发女孩经过
像一株金光闪闪的植物
摇曳着她的天赋。
我的嘴跟了上去
像一朵浪花
在她的胸前放射
血之闪电。

在所有这一切
我追随着。

但面对你,我一动不动,
看不见你,遥远的你,
只有我的血和我的吻一往直前,
我的或黝黑或金发的女孩,
我的或高或矮的女孩,
我的或胖或瘦的女孩,
我的丑女孩,我的美丽女孩,
由全部的黄金
和全部的白银做成,
由全部的小麦
和全部的土地做成,
由全部的水
在海浪中做成,
为我的怀抱而生,
为我的吻而生,
为我的灵魂而生。

岛上的夜晚

整夜我都与你睡在一起
在海边,在岛上。
狂野而甜美,在欢愉与睡梦之间,
在火与水之间的你。

也许已经很晚
你我的梦境交织
在顶部或底部,
在高处像被同一阵风吹动的枝条,
在低处像红色的树根相触缠绕。

也许你的梦
与我的梦走散
穿越黑暗的深海
它找寻着我
一如从前,
当你还未曾存在的时候,
当我还没看出你
在你身旁航行的时候,

你的双眼寻找着
现在的一切——
面包，红酒，爱与愤怒——
我双手奉上
因为你就是那杯子
期待着我的生命的礼物。

我与你睡在一起
整个夜晚
黑暗的大地旋转
同活人与死者一起，
突然的梦醒时刻
茫茫的暗影之中
我的臂弯环绕着你的腰肢。
无论夜晚或是梦境
都无法将你我分开。

我与你睡在一起

清醒之时你的唇

离开你的梦境

让我尝到大地,

海水,还有海藻的味道,

在你生命的深远处,

我收到了你

被曙光浸润打湿的吻

好像它从这片海而来

这片怀抱你我的大海。

岛上的风

风是一匹马:
听它如何疾驰
在海面,在天空。

它想带上我:听
它如何环游世界
带我去远方。

把我藏进你的怀抱里
只此今晚,
朱唇般的雨滴俯冲而下
向着海洋与大地
难以计数。

听那风
呼唤我去疾驰
要带我去远方。

你的额头抵在我的额头上,
你的嘴唇贴在我的嘴唇上,
我们的身体与
燃烧的爱绑在一起,
让风过去
不要让它带走我。

风疾驰吧
以泡沫为冠,
呼唤我、找寻我吧
在黑暗处驰骋,
而我,沉浸在
你的大大的明眸之中,
只此今晚
我将安眠,我的爱。

无穷

看到这双手了吗？它们测量过
土地，分淘过
矿渣与谷物，
创造过和平也引发过战争，
缩小了所有海洋
与河流之间的距离，
但
当它们在你身上游走
你，小家伙，
麦粒，云雀，
它们无法遮盖住你，
它们疲于寻求
那对在你胸前休憩或翱翔的
孪生白鸽，
它们跋涉于你腿间的距离，
蜷缩在你腰肢的光芒中。
你于我是最珍贵的宝物
比大海和它的族群更加浩瀚

你是白色的,蓝色的,辽阔的
如收获葡萄的那片大地。
在那片土地上,
从你的脚到你的额头,
走着,走着,走着,
我就这样走完一生。

美人

美人,
就像那清凉的石头
在泉水中,水流
冲出宽大的闪光泡沫,
正如你脸颊上的笑容,
美人。

美人,
纤细的双手,娇小的玉足
就像一匹银色的小马,
你漫步着,世界之花,
这就是我眼中的你,
美人。

美人,
有一个乱蓬蓬的铜巢
在你头顶,一个
暗蜜色的鸟巢

那是我的心燃烧与栖息的地方,
美人。

美人,
你的脸放不下你的眼睛,
这片大地放不下你的眼睛。
你的眼中有国家,有江河。
在你的眼中,
我的祖国在你的眼中。
我走过它们,
它们照亮了
我所至的世界,
美人。

美人,
你的乳房像两块面包
由丰收的谷物和金色的月光制成,
美人。

美人,
你的腰肢
被我的手臂塑成一条河流
在你甜美的体内流淌了千年,
美人。

美人,
没有什么可以媲美你的臀部,
也许大地可以
在某个隐蔽的角落
拥有如你身体般的曲线与香气,
也许在某个角落,
美人。

美人,我的美人,
你的声音,你的皮肤,你的指甲,
美人,我的美人,
你的存在,你的光芒,你的影子,

美人,

这一切都是我的,美人,

这一切都是我的,我的,

当你走路或休息时,

当你歌唱或熟睡时,

当你受苦或做梦时,

直到永远,

在你或近或远时,

直到永远,

你是我的,我的美人,

直到永远。

被偷走的树枝

夜幕降临我们将进去
偷走
一根开花的树枝。

我们将翻越围墙,
身处陌生花园的漆黑中,
阴影中的一对暗影。

冬日尚未退散,
苹果树出现
突然变成
一道散发香气的星光瀑布。

夜幕降临,我们将进入
那颤抖的苍穹,
你的小手与我的手一同
去窃取星辰。

然后静悄悄地,
回到我们的住所,
在黑夜与暗影中,
随着你的脚步进入
无声的香气之路
以星光璀璨的双脚
踏上春日清澈的身体。

儿子

儿子啊,你知道,你知道
你来自何方?

来自一片海鸥盘旋的湖面
它们浑身雪白,饥肠辘辘。

在冬日的水边
她与我升起
炽红的篝火
我们消磨彼此的唇
灵魂相拥相吻,
我们将一切抛向火堆,
燃烧我们的生命。

你就是这样来到了世间。

但她为了见我
为了见你,有一天

穿越海洋而来,而我为了能拥抱
她纤细的腰肢
走遍每一寸土地,
穿越战火与高山,
沙尘与荆棘。

你就是这样来到了世间。

你来自如此多的地方,
来自水与土,
来自火与雪,
你从如此遥远的地方
奔向我们二人,
这可怕的爱
将我们捆绑住,
我们想知道
你的样子,你的话语,
你所知道的远多于

我们给你的这个世界。

就像一场狂风骤雨
我们撼动了
生命之树
直至最隐蔽的
纤巧须根
此刻你出现
在树叶间歌唱，
在我们与你一同到达的
最高的枝头。

大地

绿色的大地已交付
所有的黄色,黄金,丰收,
田野,树叶,谷物,
但当秋日醒来
浩大的旗帜升起
我看到的是你,
是你的长发为我
分选谷穗。

我看到古老的
碎石纪念碑,
但当我去触碰
石块的伤疤
你的身体回应了我,
我的手指突然
战栗地认出,
你滚烫的温柔。

我穿过那些刚刚

被大地与硝烟

授勋的英雄

在他们身后，缄默着，

小步亦趋，

是你或不是你？

昨天他们拔起

树根，想要看一眼，

那棵老矮树

我见你走出来看着我

从那些饱受折磨

饥渴难耐的树根。

当睡意袭来

传遍全身，带走我

带向我的静默

一阵白色狂风

掀翻我的梦境
叶子飘落下来，
刀子般落在我的身上
血流喷涌。

每一处伤口都是
你嘴唇的形状。

缺席

我几乎没有离开过你,
你来到我身边,晶莹剔透
或颤抖,
或不安,被我伤害
或被注满爱,就像你的眼睛
闭上时我不停地给你
生命的礼物。

我的爱,
你我相遇
干渴,我们
喝尽了彼此的水与血,
你我相遇
饥饿
我们相互咬噬
如火般啃咬,
留下累累伤痕。

但请等等我,
为我留住你的甜美。
我也会给你
一束玫瑰。

渴望

El deseo

老虎

我是老虎。
我如湿润的矿石
潜伏在金属板般的
宽叶间窥视着你。

白色的河水上涨
在雾霭朦胧中。你来了。

一丝不挂的你在水中沉潜。
而我在等待。

一跃而起
火光，鲜血，牙齿，
挥起虎掌，我撕下
你的胸、你的臀。

我饮你的血
逐一折断你的肢体。

数年间我一直
在丛林里守望着
你的骨头,你的灰烬,
岿然不动,远离
仇恨和愤怒,
在你死后丢盔弃甲,
任凭枝藤缠绕,
在雨中一动不动,
无情的哨兵
守卫我血腥的爱。

秃鹰

我是秃鹰,盘旋
在行走的你的头顶
猛然间一阵盘旋的
风,羽毛,利爪,
我攻击你并将你提起
在呼啸的气旋
飓风般的冷冽中。

我带你去我的雪塔,
到我的黑色巢穴
让你独自生活,
你遍身翎羽
在世界的上空飞翔,
纹丝不动,在高高的天际。

雌鹰,让我们扑向
这红色的猎物,
让我们撕裂

正在经过的跳动的生命
让我们一同上升
在狂野的飞翔中。

昆虫

从你的臀到你的脚
我想进行一场长途旅行。

我比昆虫还小。

我要踏上这些山丘,
它们是燕麦色的,
细小的踪迹
只有我知道,
厘米的灼烧,
白茫茫的远景。

这里有一座山。
我永远都不会离开它。
哦,如此巨大的苔藓!
还有一个火山口,一朵玫瑰花
带着潮湿的火!

顺着你的腿

我螺旋盘转着下降

或者在途中睡觉

我来到了你的膝盖

浑圆结实

像一个坚硬的山顶

屹立在明亮的大陆上。

我滑向你的脚,

滑到了八个裂缝,

在你尖尖的脚趾间,

慢吞吞地,在半岛上,

从那里跃向虚空

在白色的床单上

我重重摔下,盲目又饥渴地

找寻你的轮廓

燃烧的瓷罐!

愤
怒

Las furias

爱

你怎么了,我怎么了,
我们之间出了什么问题?
啊,我们的爱是一条粗重的绳
绑缚着我们,伤害了我们
我们若想
远离我们的伤口,
分开,
它会给我们打出新结,惩罚我们
一同流血,一起燃烧。

你怎么了?我看着你
我只看到两只眼睛
和所有的眼睛一样,一张普通的嘴巴
淹没在我亲吻过的数千张更美的嘴唇中,
一个与那些在我身下滑过
没有留下记忆的并无二致的身体。

你虚无地行走在这个世界

就像一个麦色的罐子

没有气息,没有声响,没有实体!

我徒劳地在你身上

用我的手臂找寻深度

毫不停息地在地底挖掘:

在你的皮肤下,在你的眼睛里

空无一物,

在你隆起的双乳下

勉强有

一条水晶般的清流

它也不知自己为什么奔跑着唱起歌来。

为什么,为什么,为什么,

我的爱,为什么?

永远

在我之前的人

我不嫉妒。

来吧,就算有一个男人

跟在你的身后,

来吧,就算有一百个男人在你的长发中,

来吧,就算有一千个男人在你的胸与乳房之间,

来吧,就像一条

承载无数溺亡者的河流

遇到汹涌的大海,

永恒的泡沫,时间!

把他们都带来

带到我等着你的地方:

我们将永远两个人在一起,

我们将永远是你和我

唯有你我,在大地上

开始生活!

错路

如果你的脚再次走错路,
它将被砍断。

如果你的手带你
去往另一条路
它就会腐烂。

如果你使我远离你的生活
你会死去
即使你还活着。

你会一直身处死亡与阴影中,
行走在没有我的土地上。

问题

亲爱的,有一个问题
摧毁了你。

我已从荆棘丛生的猜疑中
回到你身旁。

我爱你爱得直率坦荡
如剑如路。

但你却坚持
保留一个我不想要的
阴影角落。

我的爱人,
请理解我,
我爱你的全部,
从眼睛到脚,到脚指甲,
到你的内里,

爱你全部的清澈，你一直保有的清澈。

是我，亲爱的，
那个叩响你房门的人。
不是幽灵，不是
那个曾经徘徊
在你窗前的人。
我将撞倒你的门：
我闯入你所有的生活：
我要住进你的灵魂里：
而你却无法驱逐我。

你必须打开一扇扇门，
你必须听从我，
你必须睁开双眼
让我进去找寻它们，
看着我如何
迈着沉重的步伐

行走在各条盲目
等待我的街道上。

不要害怕我,
我是你的,
但
我既不是旅人也不是乞丐,
我是你的主人,
你所等候的人,
现在我进入了
你的生活,
我不再离去,
亲爱的,亲爱的,亲爱的,
我要留下来。

浪荡女

我从众多的女人中选择了你
让你繁衍
在这大地之上
我的心与麦穗共舞
或者在必要时毫不退缩地战斗。

我问你,我的儿子在哪里?

我在等待你,认出我,
并且告诉我说:"召唤我走上大地
继续你的战斗和高歌。"不是吗?

把我的儿子还给我!

你把他忘在了门口
在那欢愉之门,浪荡女
敌人,
你忘了你曾来此赴约,
最深刻的,那一次
我们两个人,融为一体,我们继续说话

通过他的嘴，我的爱人，
啊，所有那些
我们未曾说出口的话语？
我把你举起直达
火与血的浪潮，倍增着
你我的生命。
你要记得，
有人在呼唤我们
以前所未有的方式
可我们却没有回应
我们孤独而怯懦
面对我们否定的生活。

浪荡女，
敞开大门，
让你心中
茫然的心结
解开并脱落
同你与我的鲜血一起
飞越世界！

伤害

我伤害了你,我的灵魂,
我撕裂了你的灵魂。

理解我。
所有人都认得我是谁,
但那个"谁"
同时是一个男人
你的男人。

与你一起我会犹豫,会跌倒
会暴怒地爬起。
在所有的生灵中
只有你拥有这份权力
看到我的脆弱。
还有你抚着
面包和吉他的小手
一定要抚摸弹奏我的胸口
当它出去战斗的时候。

因此我在你身上找寻着坚硬的石头。
我将粗糙的双手放在你的鲜血中
找寻着你的坚定
和我所需的深度,
如果我找不到其他
除了你金属般的笑容,如果我找不到
支撑我沉重步履的依托,
我的女神,请收下
我的悲伤与愤怒,
我那敌方的双手
会略微摧毁你
让你从黏土中重生,
为我的战斗而重新打造你。

井

有时你会下沉,跌落
在你沉默的洞穴,
在你骄傲怒火的深渊,
几乎无法
返回,你还留着
那些在你存在的深处
找到的碎片。

我的爱,在你封闭的深井之中
你找到了什么?
水草,沼泽,岩石?
你的盲眼看到了什么,
恶毒和伤害?

我的命,你不会
在你掉入的那口水井中找到
我在上面为你保留的一切:
一束带着露水的茉莉花
一个比你的深渊更深的吻。

不要怕我，不要再次
跌入你的怨愤之中。
挣脱我伤害你的话语
让它飞出敞开的窗户。
它还会再次伤害我
即使没有你的引导
因为它背负着一个艰难的时刻
那一刻将在我的胸中被卸下武器。

对我灿烂地微笑吧
如果我的嘴伤害了你。
我不是个甜言蜜语的牧羊人
就像童话里的一样，
而是一个老实的樵夫，与你分享
大地、风和山上的荆棘。

爱我吧，你，对我微笑吧，
帮助我变好。
不要因我而受伤，因为那毫无裨益，
不要伤害我，因为你自己也会受伤。

梦境

漫步在海边的沙滩上
我决定要离开你。

我踩到一块松软的黑泥
颤动着,
我陷入又拔出
我远离你的决心已定
你压在我的胸口
像一块锋利的巨石,
我精心计划
一步步远离你:
连根斩断,
让你独自随风而去。

啊,就在此时,
我的爱,一个梦境
用它恐怖的翅膀
将你罩牢。

你感知自己在被泥潭吞噬，
你呼唤着我，而我却未前来，
你要离开，一动不动，
毫无抵抗
任由泥沙吞噬。
之后
我已定的决心与你的梦境相遇，
在灵魂的伤痕处
你我抽芽重见，
干干净净，一丝不挂，
只有相爱
不再有梦境，不再有沙石，
我们完整而明亮。
我们浴火重生。

如果你将我忘记

我希望你知道
一件事。

这事你是知道的:
如果我看到
水晶般的月,红色的枝条
在我的窗前缓缓走来的秋,
如果我
坐在火炉旁
拨弄着细沙般的灰烬
或者扭曲褶皱的干柴,
这一切都将我带向你,
就好像世间的一切,
香气、光亮、金属,
像是航行的小船
驶向那些等候着我的你的岛屿。

不过,

如果你渐渐地不再爱我
我也会渐渐地停止爱你。

如果突然间
你将我忘记
请别再找我
因为我已将你忘记。
如果你认为漫长而狂躁的
扬起旗帜的风
飘过我的生活
你决定
把我留在
我已生根的心田岸旁,
你要知道
就在那一天,
在那个时刻
我将扬起臂膀
连根拔起

去寻找新的土壤。

但
如果每一天,
每小时
你觉得注定要与我在一起
无法抗拒的甜蜜。
如果每天都有一朵花
爬上你的唇边找寻我,
啊,我的爱,啊,我的人儿,
我胸中的这团烈火一直在燃烧,
不会熄灭也不会忘记,
我的爱依靠你的爱来滋养,亲爱的,
只要你活着,我的爱就在你的怀里
也从未离开我的怀抱。

遗忘

所有的爱在一个像大地般宽阔的
高酒杯里，所有的爱
连同星辰与荆棘
我给了你，但你迈步走开
用你小巧的双脚，污浊的高跟
踩踏火焰，将它熄灭。

啊，伟大的爱情，娇小的爱人！
我没有在战斗中停止。
我没有停止走向生活，
走向和平，走向为所有人准备的面包，
但我把你从怀中高高举起
我将你牢牢钉在我的吻里
我紧紧望向你，仿佛
再见不到你的双眸。

啊，伟大的爱情，娇小的爱人！

所以你没有测量我的身高，
还有那个为你

将鲜血、麦子、水抛开的男人
你将他
与落入裙摆间的小虫混为一谈。

啊,伟大的爱情,娇小的爱人!
别指望我会在远处望着你
后退,停在那里
拿着我留给你的东西,走开
拿着我那被背叛的相片,
我将继续前行。
在阴影中开辟宽敞大路,使得
大地重沐温柔,分发
给那些来者的星星。

留在路上。
为你而来的夜幕已然降临。
也许就在黎明
你我即将重逢。

啊,伟大的爱情,娇小的,爱人!

女孩们

你们这些女孩正在找寻
伟大爱情,可怕的伟大爱情,
发生了什么,女孩们?

也许是
时间,时间!

因为此刻,
就在此地,看它如何
拖拽天边的石块,
摧毁花朵与绿叶,
拍打出泡沫的响声
撞击着你世界里所有的石头,
带着精液与茉莉花混杂的味道,
在天上的一轮血月旁!

此刻
你用玲珑的小脚触碰着水,
还有你的那颗小心脏

你不知如何是好!

某些夜间的出行
某些套房,
某些有趣的漫步,
某些没什么重要意义的舞蹈,
也许这些比
继续旅行更好!

死于恐惧和寒冷,
或因为怀疑,
我会用我宽大的步伐
找到她,
在你体内
或远离于你,
而她也会找到我,
那个在爱面前不会颤抖的女孩,
她将与我
融为一体
无论生死!

你来了

你从未让我受苦
只是让我等待。

那些时间
心乱如麻,满满
都是蛇,
当
我的灵魂坠落,令我窒息,
你步行而来,
你一丝不挂,身有抓痕,
带着血迹来到我的床上,
我的新娘,
然后
整晚我们都在睡梦中
漫步
醒来时
你光洁如初,
仿佛梦中猛烈的风

再一次
为你的秀发燃起篝火
浸入了麦田与白银的
你的身体,令人目眩。

我没有感到痛苦,我的爱人,
我只是在等你。
你必须改变主意
和目光
当你触碰到我的胸膛交给你的
大海的深处。
你必须从水中走出,
纯净如夜晚浪尖上
翻起的一滴水珠。

我的新娘,你那时
死而复生,而我在等你。
我没有为找寻你而痛苦,

我知道你会来,
我曾经不爱
而此刻却深爱的全新女人,
有着你的眼睛、你的手和你的唇
但却是另一颗心
黎明时她在我的身边
就像她一直在那里一样
永远和我在一起。

生
命

Las vidas

高山与河流

在我的祖国有一座高山。
在我的祖国有一条河流。

跟我来吧。

黑夜爬上高山。
饥饿潜入河流。

跟我来吧。

受苦的人是谁?
我不知道,但他们是我的同胞。

跟我来吧。

我不知道,但他们在呼唤我
并对我说:"我们在受苦。"

跟我来吧。

他们对我说:"你的同胞,
你不幸的同胞,
在高山与河流间,
忍受着饥饿和痛苦,
他们不想独自战斗,
他们在等你,朋友。"

哦,你,我爱的人,
小小的,红色
麦粒,

战斗将是艰难的,
生活将是艰苦的,
但你会跟我一起来。

贫穷

啊,你不想,
你害怕
贫穷,

你不想
穿着漏洞的鞋去市场
回来时还穿着破旧的衣裳。

亲爱的,我们不像,
有钱人希望的那般,
热爱苦难。我们要将
迄今为止仍在啃噬人心的
坏牙连根拔起。

但我不想
你害怕它。
如果因为我的错让贫穷来到你的住所,
如果贫穷夺走了

你金色的鞋子,

请它不要夺走你的笑容,那是我的生命食粮。

如果你付不起房租

请你迈着骄傲的步伐去工作,

并且思考,亲爱的,我在注视着你

你与我在一起

就是这世间最大的财富。

众生

啊,有时候我觉得你
和我在一起
并不舒服,我这男人中的胜利者!

因为你有所不知
与我一同取胜的是
成千上万张你看不见的面容,
成千上万的脚掌与胸膛一同与我前行,
我不是我,
我不存在,
我只是那些与我同行者的冲锋兵,
我更加强壮
因为在我体内的
不是我自己的小生命
而是所有生命,
我踏着坚实的步伐迈向前方
因为我有上千双眼睛,
我能重击如石

因为我有上千只手
我的声音能传遍
每一个岸边和每一寸土地,
因为那是众人的声音
那些未曾发声的人,
那些未曾歌唱的人
在今天用这张
吻过你的嘴歌唱。

旗帜

与我一同起来。
没人比我
更愿意留下
躺在你的枕头上,你的眼睑
想为我将世界关在外面。
在那里
让我的血液
围绕你的温柔沉睡。

但是起来,
你,起来,
与我一同起来
让我们一起出去
并肩战斗
反抗邪恶的蛛网,
反抗造成饥饿的制度,
反抗滋生苦难的组织。

走吧,

你,我的星辰,在我身旁,

刚从我的黏土中出生,

你会找到潜藏的清泉

在烈火中,你会

在我身旁,

在你桀骜的眼神中,

举起我的旗帜。

战士的爱人

在战争中,命运让你
成为战士的爱人。

穿上你廉价的丝绸连衣裙,
戴上仿宝石的戒指
你要在战火中前行。

来吧,流浪的人,
来我的胸膛喝那
红色的甘露。

过去你不愿知道你在走向何方,
你是舞伴,
没有党派也没有国家。

现在你在我身旁行走
你看到生命与我同在
而身后就是死亡。

你再不能跳舞了
在舞池中穿上你的丝绸裙裳。

你的鞋子会被磨破,
但你会在前进中成长。

你必须行走在荆棘上
流下滴滴鲜血。

再吻我一次,亲爱的。

把那支枪擦亮,同志。

不只是火

啊，我想起来了，
啊，你微闭的双眼
好似从内部充溢着黑光，
你的整个身体像一只张开的手，
就像月亮发出的银白光亮，
和那狂喜，
当一道闪电劈杀我们，
当一把匕首刺穿我们的根基
当一束光毁掉我们的头发，
当
我们再次
回归生活，
好像我们从海洋中浮出，
好像历经海难
我们带着伤口生还
在礁石与红色的海藻间。

但
还有其他的记忆，

不只有火海之花，

还有小嫩芽

突然出现

当我在火车上

抑或走在街上。

洗着我的手帕，

我破洞的袜子

晾挂在窗户上，

你的身影一直在，

在所有的欢乐中像一团火焰

降落却不会灼烧你，

又一次，

日复一日的

小女人，

再次成为人类，

卑微的人类，

狂傲而贫穷，

就像你必将成为的样子

而不是短暂的玫瑰

被爱的灰烬破坏,
而是全部生活,
伴着肥皂与针线的生活,
伴着我喜爱的
也许我们不会有的厨房的香气
你的双手炸着薯条
你的嘴在严冬中歌唱
当烤肉到来时
对我而言,这就是永恒的
尘世间的幸福。

啊,我的生命,
不只你我之间的火焰在燃烧,
而是全部生活,
简单的故事,
简单的爱情
一个女人与一个男人
就像所有人一样。

死者

如果突然你不再存在,
如果突然你不再活着,
我会继续活下去。

我不敢,
我不敢写,
如果你死了。

我会继续活下去。

因为在人们无法发声的地方
在那里,有我的声音。

在黑人被殴打的地方,
我不能死去。
当我的兄弟们入狱时
我将与他们在一起。

当胜利,

不是我的胜利,

而是伟大的胜利

到来时

尽管我已是哑巴,却还要讲话:

我会看着胜利到来即便我已失明。

不,对不起。

如果你不再活着,

如果

你,亲爱的,我的爱人,

如果你

已经死去,

所有的树叶都将落在我的胸膛,

雨水日夜敲击我的灵魂,

雪会灼伤我的心,

我将伴着寒冷、火焰、死亡和雪前行,

我的脚想走向你长眠的地方,

但
我会继续活着,
因为你最希望我能
永不屈服,
而且,亲爱的,因为你知道我不是一个人
而是所有人。

小小美洲

当我看着
地图上美洲的形状,
亲爱的,我看到了你:
你头上铜的山顶,
你的乳房,小麦与白雪,
你纤细的腰肢,
奔腾的急流,甜美的
丘陵与草地
在寒冷的南方,你的双脚终结在
布满黄金的土地。

亲爱的,当我抚摸你时
我的双手不只
游遍了你全部的欢愉,
还有树枝与大地,果实与清水,
我所深爱的春色,
沙漠的月,野鸽的
胸脯,

被海洋或河流的水磨平

石头的滑润

还有荆棘丛中

浓密的红

是饥与渴在窥探。

如此,我辽阔的祖国欢迎我,

小小的美洲,在你的身体里。

不只如此,我见你躺下

我在你的皮肤里,在你的燕麦色里看到,

我爱人的国籍。

因为在你肩膀上

来自炎炎古巴

砍伐甘蔗的工人

凝视着我,满身黑汗,

在你的歌喉里

有渔民的颤抖

在岸边潮湿的小屋

对我唱着他们的秘密。

就这样沿着你的全身，

亲爱的小小美洲

土地与人民

打断了我的吻

还有你的美

不仅点燃了你我之间

燃烧的永不熄灭的火焰，

而且你的爱在呼唤我

通过你的生命

他们给予了我缺少的生命

在你爱的味道中掺杂了泥土，

等待我的大地之吻。

赞歌与萌芽

Oda y germinaciones

1

你嘴唇的味道和你皮肤的颜色,
皮肤、嘴唇,是这些飞逝的日子里我的果子,
告诉我,它们一刻不停在你身旁
穿过年岁,旅途,月亮与太阳
大地,哭泣,雨水与欢畅
或者只有此刻,只有此刻
它们从你的根部萌发
如同把水带给干涸大地
未知的新生
如同大地的味道在水中升向那里
那被遗忘的陶罐的嘴唇?

我不知道,别告诉我,你不知道。
没人知道这些事情。
但当我集聚所有的感官能量
去感受你皮肤的光时,你消失了,
你融化散逸
如同水果的酸香

和马路的温度,

剥开的玉米味道,

纯净午后的忍冬,

尘土飞扬的大地的名字,

来自祖国的无尽芬芳:

玉兰花与荆棘丛,鲜血与面粉,

骏马的疾驰,

村庄里蒙尘的月亮,

刚出炉的面包:

啊,你肌肤的一切都回到了我的嘴里,

回到了我的心里,回到了我的身体里,

而我又重新与你在一起

大地就是你:

你就是我深沉的春天:

我在你身上再次知道如何萌发新芽。

2

我本该感受到你的岁月

像葡萄串般在我身旁成长

直到你看到太阳与大地,

它们将你交给我石块般的双手

直到你以串串葡萄酿出红酒

在我的血管里歌唱。

疾风或骏马

变换着方向

让我穿越你的童年,

你每天都看到同一片蓝天,

阴郁的冬日里同样的泥巴,

李子树的浓密枝头

以及它暗紫色的甜蜜。

夜空下数公里的路程。

乡间晨曦中

潮湿的距离,

一把土将你我分离,透明的

围墙

我们没有跨过,所以生活,
直到后来,将所有的
大海与陆地
置于你我之间,我们也能靠近
冲破一切空间阻碍,
一步步找寻着彼此,
从一片大洋到另一片大洋,
直到我看到燃烧的天际
你的长发在火光中飞舞
你带着火热的心情亲吻我
像一颗无拘无束的流星
当你融化在我的血液里
我的嘴尝到了
我们童年时野李子的甜蜜,
我将你紧抱在怀里
仿佛失而复得的大地与生命。

3

我狂野的女孩,我们要
回溯时间
向后迈步,在遥远的
我们的生命里,一次又一次亲吻,
去一个地方收集送出却没令我们快乐
的东西,我们在彼此身上探索着
秘密的小路
让你的脚与我的脚逐渐靠近,
就这样在我的唇下
你再次看到未满足的绿植
你的生命将它的根基
延长至我等待你的心。
一个又一个夜晚
在我们异居的城市
让我们团聚的夜晚。
每日的光
它的火焰与宁静
交予我们,在时光中剥离,

就这样我们的珍宝

在暗影或阳光中被再次挖掘,

就这样我们亲吻生命:

所有的爱都包含在我们的爱中:

所有的渴望都在我们的拥抱中结束。

在这里我们终于面对面,

我们找到彼此,

我们无所失去。

我们的唇遍寻彼此的身体,

我们改变了一千次,

在我们的死亡与生命间,

我们带来的一切

就像死亡奖章般

我们将其抛向海底,

我们所学的一切

对我们毫无裨益:

我们重新开始,

我们再次结束

死亡与生命。

在这里我们存活下来，

纯洁，以你我创造的纯洁，

比大地还要宽广，你我不再误入迷途，

永恒如燃烧的火焰般

生命不息。

4

当写到这里,我的手停了下来。
有人问道:告诉我为什么,就像海浪
涌向同一海岸,你的话语
不断往返于她的身体?
她是你唯一喜爱的形体?
我答道:我的手在她身上
尚未满足,我的吻无法止歇,
我为什么要收回
重复所爱缠绵痕迹的话语,
那些密封保存
像网中的水般毫无意义,
生命中最纯洁的浪潮
表面与温度的话语?
而且,亲爱的,你的身体不只是玫瑰
在暗影与月色中升空,
或令我震惊,或令我追寻。
不只是运动或灼伤,
血的行动或火的花瓣,

对我来说，是你带给了我

我的领地，我童年的泥土，

燕麦的波浪，

我从丛林中拿回的

深色果子浑圆的果皮，

木材与苹果的香气，

隐藏着水的颜色

神秘的果实与深沉的叶子落在那里。

哦，亲爱的，你的身体升起

就像花瓶的光洁曲线

从认识我的土地升起

我的感觉让我找到了你

你颤抖着仿佛

雨水与种子从你的体内滴落！

啊，让他们告诉我

我怎么才能放下你

让我的双手无法再感受你的曲线

将火焰从我的话语中连根拔起！

我温柔的人儿,让你的身体

休息在这些诗行中,这些诗行属于你的

多于你的触摸带给我的,

在这些话语中生活吧

重历话语里的甜蜜与烈焰,

在它的音节中战栗,

在我的名字上睡去,就像你熟睡

在我的心里,如此明天

你形体上的空位

会留下我的语句

有一天听到的人们会收到

小麦与虞美人的阵风:

那人仍能呼吸到

大地上爱的身体!

5

小麦与水的丝线,

水晶与火的丝线,

文字与夜晚,

工作与愤怒,

暗影与温柔,

你一针一线将这一切

缝进我破旧的衣兜,

不只在那些震颤的区域

爱与折磨是对孪生兄弟

就像烈焰中的两个铃铛,

你等待我,亲爱的,

甚至在最微小的

甜蜜的责任里。

意大利金色油为你做好光晕,

缝纫与烹饪的圣女,

细心地装扮,

在镜子前耽搁不停,

用你那双

茉莉都会嫉妒的花瓣之手

为我洗碗洗衣，

为我的伤口消毒。

我的爱人，到我的生活中

你有备而来

如虞美人和游击战士：

我带着饥与渴

走出丝绸的光芒

我只为将你带到这世上，

在丝绸的后面

铁打的女孩

在我身旁陪我一起战斗。

爱人啊，爱人，我们在这里相遇。

丝绸与金属，你来到我的唇旁。

6

为爱而战
不只在它燃烧的农业中,
也在男人和女人的嘴里,
我会让它上路
那些在我的胸膛与你的芬芳间
强行插入黑暗植物的家伙。
关于我的坏话
他们会告诉你,亲爱的
那些不会多于我曾告诉过你的。
我曾住在草原
在认识你之前
我不是在等待爱情,而是
窥探,伺机扑倒玫瑰。
他们还能告诉你什么呢?
我不好也不坏,只是个男人,
他们还会补充说
我生活的危险,而这些你是知道的
你曾以热情与我同担这危险。

好吧,这危险
是爱的危险,全心全意
爱全部生活,
爱所有生命,
如果这爱为我们带来了
死亡或牢狱,
我相信你那双大眼睛,
会像我亲吻它们时一样
在骄傲中悄然闭上,
带着双倍的骄傲,亲爱的,
带着你和我的骄傲。
但首先进入我耳中的
是他们破塔的声音
那座连接你我的甜蜜而痛苦的爱情高塔,
他们会说:"你所爱的
女人,
她不适合你,
为什么要爱她呢?我相信

你能找到一位更美，

更认真，更深刻，

更优秀的女人，你懂我的意思，你瞧她太过单薄，

你瞧她那脑袋，

你看她那穿着，

等等。"

而在这些诗行中我要说：

我就是如此爱你，我的爱人，

我的爱人，我就是如此爱着你，

我爱你的穿着

我爱你的亭亭玉立

我爱你的长发飘扬

我爱你的嘴角含笑，

轻盈如

从石头上流过的泉水，

我就是如此爱你，我的爱人。

我不要求面包教育我

但我不能缺少它

在生命中的每一天。
关于光我一无所知,不知它来自哪里
又去往何地,
只愿它照耀大地,
我不要求暗夜
解释,
我翘首盼着它将我裹挟,
这就是你,你是面包和光
暗影也是你。
你来到我的生命
跟你的东西一起,
创造
光与面包与暗影,我等待着,
如此我需要你,
如此我爱着你,
对那些明天想听到什么的人
我不会说,让他们读这些诗行吧,
让他们今天退去吧,因为讨论这些论据

还为时尚早。

明天我们只会交给他们

我们爱情之树的一片树叶，一片树叶

将飘落在大地

就像那是我们的唇所造，

就像那是一个吻

自我们无与伦比的高度掉落

我们要展示烈火与柔情的

纯真的爱情。

贺婚诗

Epitalamio

你还记得冬日里

我们初到小岛的时候吗？

大海向我们扬起

一酒杯的冷冽。

墙上的藤蔓

飒飒作响

任由枯叶坠落

在我们经过时。

你也是一片小小的树叶

在我的胸前颤抖。

生命之风把你吹送到那里。

起初我未曾看到你：我不知道

你正与我一同前行，

直到你的根

刺入了我的胸膛，

它们缠绕我的血脉，

它们用我的嘴巴讲话，

与我一同绽放。

你的出现在不经意间，

看不见的树叶与枝条

突然间将我的心

充满果实与声音。

你住进那间

等待你的黑暗之所

然后点亮了灯火。

你可记得，亲爱的，

我们在岛上最初的脚步？

灰色的石子认出了我们，

阵阵雨水，

暗处的风在呼啸。

但那火焰是

我们唯一的朋友，

我们在它身旁紧紧拥抱

冬日里甜蜜的爱

相拥的四只手臂。

火焰见证我们赤裸裸的亲吻上升

直到触及那闪躲的繁星，

它看到痛苦的诞生和死亡

像一把碎裂的剑

对抗着永不屈服的爱情。

你可记得,

哦,睡在我的影子里,

睡梦

如何在你身上生长,

你裸露的胸部

展示着那对孪生的穹顶

朝向大海,朝向岛上的微风

我在你的梦中航行

自由自在,伴着海与风

却被束缚和淹没在

你美梦中的蓝色海洋?

哦,甜心,我的甜心,

春天改变了

岛上的墙垣。

出现一朵仿佛一滴

橙色鲜血的小花,

之后褪去色彩

全部是你纯粹的重量。

大海又一次征服了透明,

天际的夜空

分成团团簇簇

所有的一切都在窃窃私语

你我以爱之名,在一块又一块的石头上

诉说着我们的名字与我们的吻。

在布满石头与苔藓的小岛上

岩洞的秘密在回响

正如你口中的歌声一样,

绽放的花朵

在石缝中

发出它的秘密音节

你的名字飘过之时

传给炽热的绿植,

高耸的陡峭巨石

仿佛世界的墙壁

它认出了我的歌声,亲爱的,

万物都在说着

你的爱人，我的爱人，心爱的人，

因为这大地，时间，海洋，岛屿，

生命，潮汐，

半开口的种子

在大地上的嘴唇，

吞噬一切的花朵，

春天的运动，

一切都认得我们。

我们的爱降生于

围墙之外，

在风中，

在夜晚，

在大地上，

所有黏土与花冠，

泥土与根

都知道你的名字，

都知道我的唇

与你在一起

因为我们被一同播种在大地上

却只有你我不知道

我们一同成长

一同开花

正因如此

当我们经过时，

你的名字就在

那生长在石头上的玫瑰花瓣上，

而我的名字在那岩洞的夹缝里。

这点它们无所不知，

我们没有秘密，

我们一同长大

而我们却一无所知。

大海知道你我的爱恋，

高山上的石头

知道我们的吻如何绽放

无尽的纯洁，

就像在它的石缝中

露出一张猩红色的嘴：

就这样它们认得我们的爱与吻

你的唇与我的唇重合相依
在那永恒的花朵中绽放。
我的爱人,
甜美的春天,
鲜花与大海,将我们环绕。
我们不会用它
换取我们的冬天,
当风
开始解读你的名字
今天它无时无刻不在回响,
当
树叶不知道
你也是一片叶,
当
根
不知道你找寻我
在我的胸膛。
爱人啊,爱人,
春天

带给我们天空,

但黑暗的土地

是我们的姓名,

我们的爱属于

所有的时间与大地。

我们相爱,我的手臂

在你细沙般的脖颈下

我们等待

大地与时间的更迭

在岛上,

就像叶子

从沉默的藤蔓落下,

通过破洞的窗子

随秋日消逝。

但我们

会继续等待

我们的朋友,

等待我们赤红双眼的朋友,

火焰,

当风再次吹来

摇撼着岛屿的边界

它认不得

所有人的名字,

冬天

找寻着我们,我的爱人,

永远,

它会来找寻我们,因为我们认得它,

因为我们不惧怕它,

因为我们拥有

与我们在一起的

火焰

直到永远。

我们拥有

与我们同在的大地,

直到永远,

与我们同在的春天

直到永远,

当一片叶子

从藤蔓上
脱落之时
你是知道的,亲爱的,
在它上面
写着谁的名字,
那是你与我的名字,
我们爱的名字,独有的
存在,一支箭
穿越整个冬天,
无与伦比的爱,
那些白日的火焰,
一片叶子
落在我的胸膛,
一片树上的叶子
来自生命之树的叶子
筑巢歌唱,
生根发芽,
开花结果。
你看到了,我的爱人,

我如何奔走

在小岛上，

在世界上，

在春日中安然，

在冷冽中疯狂寻着光，

在火光中悠然漫步，

托起花瓣一样重量的你

在我的怀抱里，

就像我从未走过路一般

除非与你在一起，我的灵魂，

就像我不会走路一般

除了有你相伴，

就像我无法歌唱一般

除非有你合唱。

路上的信

La carta en el camino

再会了,但你会与我
在一起,你会进到我的体内
成为一滴游走在我血管里的血
或在外面,成为一个让我脸红的吻
或一条系在我腰间的火腰带。
我的甜心,请收下
迸发自我生命的狂热爱情
它在你身上找不到栖息地
就像探险家迷失在
面包与蜂蜜的小岛。
后来我找到了你
在暴雨之后,
雨水清洗了空气
在水中
你甜美的小脚丫如小鱼般闪耀。

我的爱人,我要去战斗了。

我会挖出黏土为你垒砌一个洞穴

在那里你的船长

我会在为你铺满鲜花的床前等待着你。

别再想了,我的甜心,

那折磨

夹在你我之间

像一道磷光

也许在你我身上都留下灼伤。

和平已经到来,因为我归来

为我的土地而战,

因为我有一颗完整的心

混着你曾给我的鲜血

直至永远,

因为

我的双手

满是一丝不挂的你,

看着我,

看着我,

看着我穿越大海,熠熠发光,

看着我在暗夜中远航,

海与夜是你的双眸。

当我离开时却没有离开你。

现在让我告诉你：

我的土地将会属于你，

我会征服它，

不只是为了将它交予你，

而是为了所有人，

为了我的全体同胞。

终有一天盗贼会逃离他的巢穴。

侵略者也会被驱逐出境。

生命全部的果实

会在我的手掌中成长

那双曾熟练使用火药的手掌。

我将学会如何轻抚新生的花朵

因为是你教会我温柔。

我的甜心，我的爱人，

你会与我一同赤手相搏

因为你的吻驻扎在我的心里

像一面面红旗，

如果我跌倒,不只
大地会掩埋我
还有你带给我的伟大爱情
在我血液中奔走。
你会与我一同去,
在那一刻,我等待着你,
在那一刻,在每时每刻,
在所有时刻,我都等待着你。
当我所痛恨的悲伤来袭
敲响你的房门,
告诉它我在等待着你
当孤独要你换掉
刻有我名字的戒指,
告诉它来与我交谈,
我必须离开,
因为我是一名士兵,
无论我在哪里,
在雨中或
在火里,

我的爱人，我等待着你。
我等待着你，在最严酷的沙漠
在盛开的柠檬树旁，
在生命的每个角落，
在春天降生的地方，
我的爱人，我等待着你。
当人们告诉你"那个男人
他不爱你"，你要记得
我的双脚在这样的夜晚孤苦无依，它们找寻着
我所倾慕的那双甜美小脚。
亲爱的，当人们对你说
我已将你忘记，哪怕
是我亲口所说，
当我对你讲出这些话，
你不要当真，
怎么有人能够
将你从我的胸口割离
又有谁会收到
我的血

当我血流不止地走向你?
但我也不能
忘记我的同胞。
我会在每一条街道,
每一块石头后战斗。
你的爱也帮助了我:
它是一朵紧闭的花
香气四溢充盈我全身
它骤然绽放
像闪亮的星辰开在我的心田。

我的爱人,现在已是夜晚。

黑色的水,与沉睡的
世界,环绕着我。
黎明即将到来,
我在此时写信给你
是想告诉你:"我爱你。"
是想告诉你"我爱你",请照顾,

擦拭，高举

捍卫

我们的爱情，我的灵魂挚爱。

我把它留给你就像留下

一抔带有种子的泥土。

生命将从我们的爱情中诞生。

他们从我们的爱情中饮吸甘露。

也许有一天

一个男人

和一个女人，如同

你我一样，

将触摸这份爱情，它依然还有力量

灼烧触摸它的手掌。

我们是谁？这有什么关系？

他们将触摸这火焰

而这火焰，我的甜心，会说出你简单的名字

还有我的，这名字

只有你一人知道，因为只有你一人

在这世间知道

我是谁,因为没有别人这样了解我,
如同你的一只手,
因为没人知道
是如何,也不知道是何时
我的心在燃烧:
唯有
你褐色的大眼睛知道,
你宽大的嘴巴,
你的皮肤,你的乳房,
你的腹部,你的内脏
还有你被我所唤醒的灵魂
让它歌唱
直至生命的尽头。

亲爱的,我等待着你。

再会了,亲爱的,我等待着你。

亲爱的,亲爱的,我等待着你。

这封信就这样结束
没有任何悲伤:
我的脚坚定地立在大地上,
在路上我写了这封信,
在生命中我将
永远
与友人并肩,直面敌人,
我将你的名字含在嘴里
还有一个
永不与你分离的吻。

一百首爱情十四行诗

Cien sonetos de amor

献词：致玛蒂尔德·乌鲁蒂亚[①]

我挚爱的妻子，当我为你写下这被误称为"十四行诗"的诗作时，我受尽煎熬，它们令我心如刀割，痛苦难耐。但能将这些诗行献予你，这份欢愉便如草原般辽阔。下笔之初我即深知，历来的诗人因偏好考究或品位优雅，都会在每句诗的诗尾安排押韵，使十四行诗的声韵听来如银器、水晶或炮火般。而我非常谦卑地，写下这些木质的十四行诗，把这种不透明的纯粹物质的声音，送至你的耳畔。你与我，漫步在森林与沙滩，在隐秘的湖水之畔，在灰暗的地带，我们拾起未经雕琢的树枝，和一块块饱受流水与气候影响的木头。我手持斧头、匕首与刻刀，用这些柔软的废弃物，打造出这些爱的木材，我用十四块木板搭建小房子，让我爱慕并歌颂的你的眼睛在此居住。这些就是我的爱情根基，我把这个世纪献于你：木质的十四行诗，它们之所以兴起，是因为你赋予了它们生命。

1959年10月

[①] Matilde Urrutia，聂鲁达的第三任妻子。

早
晨

Mañana

1

玛蒂尔德，植物、石头或葡萄酒的名字，
生于大地且经久不衰的名字，
日光在它成长时初亮，
柠檬之光在它的夏日爆裂。

木船以它的名字航行
被一团团蓝火般的波涛围绕，
它的字母是河流的水
流进我灼烧的心。

哦，暴露在藤蔓下的名字
就像一扇通往未知隧道的门
直抵世界的芬芳！

哦，用你灼热的嘴侵袭我，
询问我，如果你愿意，用你夜的眼睛，
但以你的名义让我远航和安睡。

2

亲爱的,究竟要走多远的路才能得到一个吻,
究竟要承受多少孤独才能有你陪伴!
火车在雨中继续独自前行。
在塔尔塔尔①,春天还未来临。

但你和我,我的爱人,我们在一起,
从衣服到根都在一起,
我们一起在秋日,在水中,在臀部,
直到只有你,只有我在一起。

想想这条河要带走多少碎石,
到博罗阿②的河口,
想我们被重重的火车与国家分隔

你与我只需要彼此相爱,
与一切混合,与男人,与女人,
在这片孕育并培养康乃馨的土地上。

---

① Taltal,智利城市,位于安托法加斯塔省。
② Boroa,智利阿劳卡尼亚区的一个小镇,位于考廷河畔。

3

苦涩的爱,戴着荆棘冠冕的紫罗兰,
在如此激情四射的灌木中,
悲伤的长矛,愤怒的花冠,
你沿着哪条路来到我的心房?

为何你这痛苦之火如此迅猛,
突然间,扔在我道路上冰冷的叶片间?
是谁引领你来到我这里?
哪朵花,哪块石,哪片烟云带你来到我的住处?

恐怖的夜确实在颤抖,
黎明将所有的酒杯斟满了酒
太阳在天空确立了它的存在,

这残酷的爱将我裹挟
直到用剑、用荆棘刺伤了我
在我心中开出一条烈火灼灼的路。

4

你会记得那个变化莫测的峡谷
跳动的香气在攀升,
时不时会有一只鸟儿身着
水气和怡然:冬日的服装。

你会记得那些大地的礼物:
浓烈的香气,金色的泥巴,
灌木丛中的杂草,疯狂生长的根,
锋利如剑的荆棘。

你会记得你带来的那束花,
一束阴影和沉默之水,
仿佛缀满泡沫之石的花束。

那一刻似乎前所未有,却又毫无疑问:
我们去往那里,毫无期待
却发现万物繁盛在那里等待。

5

不要让黑夜、空气与黎明接触你,
唯有大地,硕果累累的美德,
在净水的叮咚声中生长的苹果,
你芳香四溢的祖国的泥土和树脂。

来自金查马利[1]的你的眼
直到在边境上为我创造的你的脚
你是我所知的黑黏土:
在你的臀部我再次触摸到所有的麦子。

阿劳卡尼亚[2]的女人,也许你不知道,
爱上你之前,我忘记了你的吻
我的心却记得你的唇

我像受伤的人一样穿行在街道
直到我突然明白,
我已找到我的爱、我的吻和火山的领地。

---

[1] Quinchamalí,智利城市,因陶器闻名。
[2] Araucana/Araucanía,智利地区,因当地土著人与西班牙侵略者的英勇斗争而闻名。

6

在丛林中迷路,我砍下一根暗黑的树枝
它对着我干裂的嘴唇呢喃:
也许是哭泣的雨声,
是龟裂的钟铃,或是破碎的心。

某物从远方而来
深深隐藏着,被大地覆盖,
无尽深秋的嘶吼,
被半掩的潮湿的树叶掩盖。

但是在那里,从森林的梦中醒来,
榛树的枝条用我的嘴巴歌唱
飘逸的香气沿着我的标准攀升

就像突然间我抛弃的根
在寻找我,失去童年的故土,
我停了下来,被四散的香气所伤。

7

"跟我来吧。"我说,无人知晓
我的痛在哪里,如何跳动,
对我来说没有康乃馨和船歌,
只有一道爱情划开的伤口。

我重复着:跟我来吧,就像我的遗言一般,
没人看到我嘴边流血的月亮,
没人看到爬上寂寞枝头的鲜血。
哦,爱人,此刻让我们忘记那带刺的星!

所以,当我听到你再次说出
"跟我来吧",就像你已解开
这痛,这爱,这牢狱之酒般的愤怒

沉没的它从酒窖上升
我的嘴再次尝到火焰的滋味,
鲜血和康乃馨,石头和烧伤的滋味。

8

若不是因为你的眼睛是月亮的颜色,

不是充满黏土、劳作、火焰般的白日的颜色,

被禁锢的你仍如风般矫捷,

若不是因为你就是那琥珀般的一周,

若你不是金黄的时光

秋天爬上藤蔓的枝头

若你不是月亮揉制的甜香四溢的面包

面粉在天际飘散,

哦,亲爱的,我便不会爱你!

在你的怀里,我拥抱存在的一切,

沙土,时间,雨中的树,

一切都为我而存在:

咫尺间我能看到一切:

在你的生命中我看到所有生命。

9

海浪击打着顽石
清澈的光芒迸发,绽放出玫瑰
圈圈海浪变成一束,
最终一粒蓝色的盐巴落下。

哦,闪闪发光的木兰花在泡沫中绽放,
充满魅力的旅行者,开出一朵死亡之花
茁壮成长,周而复始地存在,消亡:
粉碎的盐巴闪耀着大海的悸动。

你与我,我的爱人,我们一起封印沉默,
当大海摧毁它永恒的雕像
白色的冲动之塔轰然倒塌,

因为在这些隐身的薄纱中
从奔流而泻的海水,到一望无际的白沙,
我们怀揣着唯一且饱受折磨的温柔。

10

这美是温柔的,就像音乐和木头,
玛瑙,布匹,小麦,透明的桃子,
打造一座转瞬即逝的雕像。
她迎着海浪散发一种对立的新鲜感。

任由海浪冲刷一个又一个脚印
它们刚刚在沙土上显现成形
此刻,她是玫瑰女神之火
是太阳与海洋斗争的唯一泡沫。

啊,除了冰冷的盐,愿其他都无法触碰你!
愿爱情也无法破坏那完整的春天。
美好的、永不磨灭的泡沫在回响,

让你的臀部没入水中
呈现一种天鹅或睡莲的新姿
让你的身影在这永恒的水晶世界里航行。

11

我渴望你的嘴,你的声音,你的发丝
在大街上,我无力地走着,毫无声息,
面包无法填饱我,黎明使我抓狂,
整个白天我在找寻你脚下流动的声响。

我渴望你质朴纯真的笑声,
你手中饱满谷物的色彩,
我渴望你苍白如石的指甲,
我想咬噬你的皮肤就像吞下一颗完整的杏仁。

我想吞下你闪电般灼烧的美,
高傲的面庞上坚挺的鼻梁,
我想吞下你睫毛下转瞬即逝的阴影

我饥饿地在暮色中嗅着
找寻你,找寻你火热的心
像极了一头基特拉图[①]丛林中孤独的美洲豹。

---

① Quitratúe,智利阿劳卡尼亚区的一个村庄。

12

丰满的女人,肉欲的苹果,火热的月亮,
海藻、烂泥和破碎的光的浓烈气息,
在你的柱间闪耀着怎样幽暗的明亮?
男人用感官触摸到怎样古老的夜晚?

啊,爱是一场水与星星的旅行,
窒息的空气与粉末的暴风雨:
爱是一场闪电之战
是被一种蜂蜜击败的两个身体。

一个接一个的吻,我穿越在你的小小无限,
你的形象,你的河流,你的小村庄,
生殖之火也变成快乐

穿过血液里的狭窄小路
直到如暗夜的康乃馨般快速倾泻,
直到在存在与消亡间,渐成一束影中之光。

13

从你脚边升至你头发上的那束光,
裹挟着你娇弱身形的力量,
不是珍珠母,不是冷色银:
你是面包,是被火深爱的面包。

面粉与你一同建立谷仓
随着年龄的增长而高涨,
当谷物让你的乳房加倍隆起
我的爱是大地中劳作的煤炭。

啊,面包,是你的额,是你的腿,是你的唇,
被我吞食,每日清晨伴光而生的面包,
亲爱的,你是面包店的旗帜,

火给了你血的教训,
从面粉中你学会圣洁,
从面包里你学会语言和芳香。

14

我没有充足的时间来赞颂你的头发。
我该逐一细数并赞扬它们:
其他情人依然用眼睛生活,
而我只想做你的理发师。

在意大利,你被命名为"美杜莎"
因为你的头发卷曲而闪亮。
我把你叫作"我的小狂野"和"我的乱蓬蓬":
我的心知道通往你发髻的门。

当你迷失在自己的发中,
不要忘了我,要记得我爱你,
不要让我因为没有你的头发而迷失方向

穿过所有黑暗世界的道路
那里只有影子与阵痛,
直到太阳升至你头发上的高塔。

15

地球早已熟识你:
你像面包或木头一样结实,
你是一个身体,一堆牢固的物质,
有金合欢和金色蔬菜的重量。

我知道你的存在,不只是因为你的眼睛在飞翔
像一扇敞开的窗照亮万物,
也因为你由泥土塑成,在奇廉①
在一个惊讶的土坯窑中烧制而成。

众生像空气、像水、像寒冷般溢散
模糊不清,在与时间的碰触中被抹去,
仿佛在死前已化为碎片。

你会像石头般落入我的坟墓
因为我们的爱未曾消逝
地球将继续跟随你我,永存于世。

---

① Chillán,智利城市,位于比奥比奥大区。

16

我爱像一片土地般的你,
因为在星星般的草原上
我没有其他的星星。你重复着
宇宙的繁衍。

你宽大的眼,是我偷自
败下阵的星辰的光亮,
你的皮肤颤抖如流星
划过雨中留下的轨迹。

对我来说,你的臀部是月亮,
你深邃的唇和它的喜悦是我全部的阳光,
这么多燃烧的光,像阴影下的蜂蜜

你的心被灼烧成长长的红光,
而我穿越你躯体的火线,亲吻你,
小小的,如行星,如鸽子,如地理般的你。

17

我爱你,不是把你当作盐渍的玫瑰,黄玉
或是蔓延着火焰的康乃馨之剑:
我爱你就像爱着某些黑暗的东西,
秘密地,在阴影与灵魂之间。

我爱你,像那未曾开花
但花的光芒深藏于心的植物,
你的爱让那从大地飘升的
紧致香气,暗藏进我的身体里。

我爱你却不知在何时,在哪里,如何爱你,
我直率地爱你,没有任何困惑或傲慢:
我就是这般爱你,因为没有其他方式,

我们不分彼此,我们如此靠近,
如此靠近,你放在我胸前的手便是我的手,
如此靠近,在我入梦之际你也悄然闭上双眼。

18

你像一阵微风穿越群山而来
或是从雪山涌出的湍急清流
或你发梢闪动的光
像装点在灌木从中的太阳。

高加索所有的光落于你身
就像落在小小的无尽的容器中
水随着河流透明的律动
变换着它的服装与歌曲。

在山上古老的勇士之路
山下的水如剑鞘般愤怒地闪耀
在矿物之手的墙壁间,

直到你突然收到森林里
开着蓝色花朵的枝条或闪电
还有那不寻常的狂野香气之箭。

19

当黑岛的巨大泡沫,
蓝色的盐,海浪中的阳光将你打湿,
我看着劳作的蜜蜂
潜心于它宇宙里的蜂蜜。

它们来来回回,在笔直的金黄路线平衡飞行
仿佛滑行在无形的铁丝上
优雅的舞姿,充满渴望的腰肢,
以及那邪恶毒刺暗藏的杀机。

它用石油和甜橙构筑自己的彩虹,
它像飞机般在草丛间寻觅,
它带着谷穗般的声音飞过,消失,

当你裸露着身体从海水中来,
你重回这个充满盐与阳光的世界,
反射的雕像和沙之剑。

20

我的丑姑娘，你是个蓬头散发的栗子，
我的美人，你美如微风，
我的丑姑娘，你的嘴大得可以做两个，
我的美人，你的吻如西瓜般清新。

我的丑姑娘，你的乳房藏在哪里？
它们小得像两杯小麦。
我想看到你胸前的两轮明月：
你骄傲的巨型塔楼。

我的丑姑娘，大海的商店里没有你这样的指甲，
我的美人，一朵花又一朵花，一颗星又一颗星，
一阵浪又一阵浪，我的爱人，我细数着你的身体：

我的丑姑娘，我爱你金色的腰肢，
我的美人，我爱你额头的皱纹，
我的爱人，我爱你的清澈，也爱你的阴暗。

21

哦,愿所有的爱在我身上蔓延,
不再因为没有春天而受苦,
我将我的双手卖给痛苦,
此刻,亲爱的,请把你的吻留给我。

你的香气覆盖了敞开的月之光,
你的长发将所有的门关上,
请不要忘记我,如果我醒来哭泣
那是因为在梦里,我只是一个迷路的孩子

在暗夜的树叶间找寻你的手,
寻找你麦穗般的触感,
黑暗与能量闪烁的狂喜。

哦,亲爱的,在你的梦中
那里只有你的暗影陪着我
并告诉我光明的时刻。

22

多少次,亲爱的,我深爱你却见不到你,不记得你,
认不出你的目光,注意不到你,矢车菊,
开在不利的地方,在烈日当头的中午:
你只是我喜欢的谷物的味道。

也许我曾见过你,想象你举着酒杯
在安戈尔①,在六月的月光下,
或者你曾是吉他的弦
我在暗夜里弹起,声音如同汹涌的大海。

我爱你却不自知,我找寻你的记忆。
在无人的房间,我提着手电筒进去盗取你的画像。
但我已经知道你的容颜。突然间

你就在我的身边,我触碰到了你,我的生命停滞:
你就在我的眼前,统治着我,我的女王。
就像森林里的篝火,火焰是你的王国。

---

① Angol,智利中南部阿劳卡尼亚区的一个城市。

23

以火焰为光,愁怨的月色就是面包,
茉莉花复制了它繁星熠熠的秘密,
在可怕的爱中,温柔纯洁的手
给了我眼睛和平,给了我感官阳光。

哦,亲爱的,突然间,在伤口处
你构建了甜蜜的坚定,
你打败了那些邪恶又善妒的爪牙
今天在世界面前,你我合为一体。

曾经,现在及未来都将如此,直至永恒,
狂野又甜蜜的爱,亲爱的玛蒂尔德,
时间为我们带来了一天中最后一朵花。

无你,无我,无光,你我将不复存在:
在地球和阴影的另一端
我们爱的光芒将继续存在。

24

亲爱的，亲爱的，天空之塔上的云朵
它们像胜利的洗衣女工般爬上楼，
一切都在蔚蓝中燃烧，一切都是星辰：
大海，船只，白日里一起被放逐。

来看那繁星璀璨的河流中的樱桃树
和那疾驰宇宙的圆钥匙，
来触摸那转瞬即逝的蓝色火焰，
在花瓣燃尽之前，来啊。

此处无他，唯有大量的成簇的光，
这里是风的美德打开的空间
直到揭开泡沫最后的秘密。

在众多的天空之蓝及被淹没的蓝中，
我们的双眼已经迷失，几乎猜不透
这空气的力量、这水底的密钥。

25

在爱你之前,亲爱的,我一无所有:
我在街道上游荡,在物品间徘徊:
一切都无关紧要,也没有名字:
世界是期待中的空气。

我知道布满灰尘的客厅,
月亮栖息的隧道,
告别的残忍的飞机库,
坚持在沙滩上的疑问。

一切皆是空的,死的,哑的,
坠落,抛弃,衰败,
一切都是无法剥夺的陌生,

一切皆是别人的,却又不属于谁,
直到你的美艳和贫穷
为秋天装载了数不尽的礼物。

26

无论是伊基克①可怖沙丘的颜色,
还是危地马拉的杜尔塞河②河口,
都不能改变你从小麦中获取的容颜,
你饱满如葡萄般的身姿,吉他般的嘴。

哦,心上人,哦,从万物沉寂中走出的你,
从藤蔓缠绕统领的山顶
到荒凉的白金平原,
大地上每一个纯粹的家园都在复刻你。

但无论是矿山上的孤寂之手,
还是西藏之雪,波兰之石,
都不能改变你谷物行者的风姿,

就像奇廉的黏土或小麦,吉他或葡萄
在你身上捍卫着自己的土地
执行狂野月亮的指令。

---

① Iquique,智利北部城市,塔拉帕卡大区的首府。
② Río Dulce,位于危地马拉境内,著名旅游景点。

27

赤身裸体的你像你的一只手一样简单，
光滑，朴实，小巧，圆润，透明，
你有月亮的曲线，苹果的路径，
赤身裸体的你像赤裸的小麦一样纤细。

赤身裸体的你像古巴的夜空一样蓝，
你的发丝上有藤蔓与繁星点点，
赤身裸体的你巨大而金黄
就像夏日里金色的教堂。

赤身裸体的你小得像你的一片指甲，
弯弯的，薄薄的，粉嫩的玫瑰色，直到白日升起
你便躲入世界的地底

仿佛沉入一条礼服与劳作堆满的长长隧道里：
明亮的你消失了，穿上衣服，枝叶落尽
再次成为一只赤裸的手。

28

爱,从一粒谷物到另一粒,从一颗行星到另一颗,
风之网与它昏暗的王国,
战争与它的血之靴,
或者谷穗的日与夜。

我们走过的地方,岛屿,桥梁,旗帜,
转瞬即逝的遍体鳞伤的秋日小提琴,
酒杯边缘回荡着快乐,
苦痛用眼泪的教训阻止我们。

无论哪个共和国都有风在飞舞
飘扬的国旗,冰冷的头发
然后花朵又回到它工作的地方。

但是在我们身上秋日从未燃尽。
在我们不动的家园,爱与露水的权利
一起发芽和成长。

29

你来自南方的贫穷之家,
来自寒冷又地震频发的严酷地区
那里的神明也朝着死亡滚落
泥土为我们上了关于生命的一课。

你是一匹黑黏土塑成的小马,一个
黑黏土的吻,亲爱的,你是黏土做的虞美人,
暮色中的鸽子在路上飞翔,
它饱含着泪水来到我们贫苦的童年。

女孩,你还保有一颗贫穷的心,
你贫穷的双脚习惯了石子的触感,
你的嘴不知道面包或糖果的美味。

你来自贫瘠的南方,我的灵魂来自那里:
在那里的天堂,你的妈妈仍在洗着衣裳
同我的妈妈一起。因此我选择了你,我的伴侣。

30

你有群岛上落叶松般的浓密发丝,
几个世纪塑成的肉体,
认得整个林海的静脉,
绿色血液从空中坠落到记忆里。

没有人能找回我迷失的心
自所有的根中,在阳光的苦涩清新中
夹杂着水的愤怒,
那是不与我同行的阴影的住所。

所以孤岛般的你离开你的南方
那用羽毛与木料缀满头冠的南方
而我嗅到了流浪森林的气息,

我找到树林里曾遇见过的暗色蜂蜜,
我抚摸着你臀部阴郁的花瓣
它们与我同生,织就了我的灵魂。

31

我用南方的月桂和洛塔①的牛至
为你加冕,我骨头上的小君王,
你不能缺少那顶大地
用香膏与树叶制成的王冠。

你就像爱慕你的人一样,来自绿色省份:
从那里我们带来流淌在血液里的泥土,
我们在城中漫步,像许多人一样,迷路,
担心市场会打烊。

亲爱的,你的影子散发着李子的香气,
你的双眸将根埋藏在南方,
你的心是一只存钱罐般的鸽子,

你的身体像水中的石头般丝滑,
你的吻像一串串带着露珠的果实,
我就在你身边,与大地一起生活。

---

① Lota,智利中部城市。

32

清晨的房子,混乱的真理
床单与羽毛,一天的伊始
没有方向,像可怜的小船般漂荡,
在秩序与梦乡的地平线间流浪。

事情总想拖着痕迹前行,
漫无目的的坚持,冷冰冰的遗产,
纸上隐藏着皱巴巴的元音
酒瓶里的红酒还想延续它的昨天。

秩序者,你像蜜蜂一样振动
去触碰阴影中深陷的区域,
用你的白色能量征服光明。

你再次建立起了清晰:
物品服从于生命之风
秩序让面包与鸽子各归其位。

中午

Mediodía

33

亲爱的,此刻我们要回家
回到葡萄藤爬满梯子的地方:
赤裸的夏日踏着忍冬的脚步
在你到达之前,来到你的卧室。

我们的流浪之吻漫迹世界:
亚美尼亚,掘出的滴滴稠蜜,
锡兰①,绿色的鸽子,还有扬子江
以远古的耐心分开日夜。

此刻,亲爱的,在浪声澎湃的大海边
我们像两只盲鸟回到墙上,
回到遥远的春天的巢穴,

因为爱无法永不停歇地飞翔:
我们的生命奔向城墙或海石,
我们的吻回到我们的领地。

---

① Ceylán,南亚国家,即当今的斯里兰卡民主社会主义共和国。

34

你是大海的女儿,牛至的表姐妹,
泳者,你的身体是纯净清水,
厨娘,你的血液是丰沛大地
你举手投足间繁花似锦,芬芳充盈大地。

你的眼睛奔向海水,巨浪翻滚,
你的手朝向大地,种子鼓起,
你了解水与土深刻的本质
它们像黏土的配方,聚集于你。

水之仙女,绿松石截断了你的身体
然后在厨房复活,盛开
如此你成为万物的存在

最后,你睡在我的臂膀之乡里,为你
驱逐黑暗,护你好梦,
豆荚,海藻,小草:你梦中的泡沫。

35

你的手从我的眼中飞向白日。
阳光像盛开的玫瑰般洒入。
沙子与天空在闪动,宛若
在绿松石上被切割的巅峰期蜂巢。

你的双手触碰着叮叮当当的音节,杯子,
盛着黄油的油壶,
花冠,甘泉,还有最重要的,爱,
爱:你纯洁的手握着汤匙。

下午已逝。暗夜悄悄将
空中之舱降入男人的梦乡。
忍冬散发出哀伤而狂野的味道。

你的手结束飞翔归来
收起我那以为早已丢失的羽翼
在我被黑暗吞噬的眼眸正上方。

36

我的心肝,你是芹菜与木槽的女王:
针线与洋葱的小猎豹:
我喜欢看你在自己的小王国里熠熠发光,
你的武器是蜡,酒,油,

大蒜,在你双手打开的土壤中,
在你手中点燃的蓝色物质中,
从梦中转移到沙拉里,
在软管上蜷缩的爬虫。

你,用你的割草机带起芳香,
你,让肥皂泡泡有了方向,
你,爬上我疯狂的梯子和楼梯,

你,掌管着我字体的模样
在本子中的沙粒里发现
那些迷路的字母遍寻着你的嘴唇。

37

哦,爱情,哦,疯狂的光线和紫色的威胁,
你拜访我,爬上你清凉的梯子
这座被时间用迷雾加冕的城堡,
紧锁的心房,无力的白墙。

没人知道这份小心翼翼的关心
竟造出城市般坚固的水晶
血流奔涌打开不幸的隧道
它的王权未能颠覆冬日的凛冽。

所以,亲爱的,你的朱唇,你的皮肤,你的光芒,
你的悲伤,它们是生命的遗产,
是来自雨水,来自大自然的神圣馈赠

紧握并举起一颗谷粒的重量,
酒窖里红酒酝酿的秘密风暴,
大地上谷物闪烁耀眼的火光。

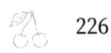

38

你的房子听起来像午日的列车,
马蜂嗡嗡作响,锅在引吭高歌,
瀑布一一细数着露水的种种事迹,
你的笑声笑出了棕榈树的颤音。

墙上的蓝光与石头聊着天,
如牧羊人用口哨吹着电报般到达
在两棵响声清脆的无花果树间,
荷马悄悄地穿上鞋子登上山丘。

只在此处,这座城市没有哀叹与哭泣,
没有穷尽,没有奏鸣曲,没有嘴巴,没有喇叭,
只有瀑布与狮子的演说,

还有你,那个上楼,唱着歌,奔跑着,下楼的你,
那个种植,缝纫,烹调,钉东西,写字,回来
或又离开的你,众所周知冬天已经开始。

39

我竟忘了你的双手曾浇灌
玫瑰纠结的盘根,
直到你的指纹开花绽放
在大自然全然的宁静中。

锄头和水像你的动物
它们陪伴着你,撕咬舔舐着土地,
就是这样,你劳作着,散发着
丰富的生命力,康乃馨炽热的清新。

愿你的双手拥有蜜蜂的爱与荣光
大地混淆了它们透明的血统,
甚至在我的内心耕耘,

就这样,我像一块被烧焦的石头
突然与你一同唱起了歌,因为要迎接
由你的歌喉引流而来的森林之水。

40

沉默是绿色的，光是潮湿的，
六月如蝴蝶般颤抖
在南方的领地上，从海边到岩石旁，
玛蒂尔德，你度过了中午。

你满身携带铁锈的花，
还有受尽南风折磨却被遗忘的海藻，
你那双依然白皙，被盐腐蚀而龟裂，
的双手，从沙中拾起麦穗。

我爱你无瑕的品格，纤尘不染的卵石皮肤，
爱你阳光排布的指甲，
爱你满意欢乐的双唇，

但是，为了我悬崖边的家，
请给我痛苦的沉默体系，
被遗忘在沙土中的海之楼。

41

不幸的一月，当冷漠的
正午在天空中建立它的方程，
像满溢的杯中酒般坚硬的黄金
覆满大地直至它蓝色的边界。

这段时间的不幸像小葡萄般
将苦涩的绿凝结成一粒粒，
迷惘，隐忍着时光的眼泪，
直到糟糕的天气将一串串果实昭告天下。

是的，细菌，疼痛，一切都在跳动
惊恐，在一月开裂的光中，
它会成熟，如果实般燃烧。

痛苦会被分裂：灵魂将会
如一阵风，住所将会
被打扫干净，桌子上会有新鲜的面包。

42

在海水中游荡的灿烂日子,
如黄石之心般紧实
蜜糖的光辉,未经任何扰乱:
依然保持矩形的纯洁模样。

是的,如火焰般噼啪作响的时光,或如蜜蜂般
藏入叶中,执行绿色的任务,
直到攀爬至枝叶的高处
一个发光的低语的绚丽世界。

渴求炙热之火的人们
用几片叶子建立起一个伊甸园,
因为黑脸的大地不要痛苦,

而是给这世人清爽,火焰,甘泉或面包,
没有什么能使人们分离
唯有太阳或夜晚,月亮或麦田。

43

我在万物身上寻找着你的模样,
在那汹涌起伏的女性河流中,
在那发辫,那深陷水中的双眸里,
在那滑行过泡沫的轻俏脚步里。

突然间,我似乎窥到你的指甲
长椭圆,一闪而过,樱桃树的侄女,
你的发丝再次掠过,而我似乎看到
篝火旁你的侧影在水中燃烧。

我到处寻觅,但她们中无人有你的心跳,
你的光芒,你从森林中带出的黑土,
没有人有你精致的小耳朵。

你完整而简短,你是万千事物中的一个,
所以我和你一起前行,爱慕着
一条宽阔的流向女性湖海的密西西比河。

44

你会明白我不爱你却又爱着你
这是生活的两面,
语言是沉默的翅膀,
火有一半是冰冷。

我爱你是为了开始爱你,
为了重启永恒
为了永不止息地爱你:
这就是我尚未爱你的原因。

我爱你也不爱你
仿佛手中握着幸福的密钥
和不确定的不幸命运。

我的爱有两条生命可以爱你。
因此我在不爱你时爱着你
也在我爱你时爱着你。

45

别离开我,一天也不行,因为,
因为,我不知道该怎么说,这一天太漫长,
我会像在车站一样翘首等待着你
而你的列车却像在某处睡着了。

别离开我,一小时也不行,因为
会流干那无眠的夜里所有的眼泪
那缥缈烟雾游荡着寻找的归所
进入我的体内,在我迷惘的心头一剑封喉。

啊,请不要让你的身影消失在沙滩上,
啊,请不要让你的双眸隐没在虚空里:
我的挚爱,别离开我,一分钟也不行,

因为在那一刻,你就已经走得那么远
而我会穿越整个地球去询问
你会回来吗?你会任由我憔悴而亡吗?

46

那被河流与露水打湿的
我所仰慕的繁星里,
我只挑选了挚爱的那颗
从此我与暗夜同眠。

波浪中,一波又一波,
碧绿的大海,碧绿的清冷,碧绿的枝条,
我只挑选了那一朵波浪:
与你的身体无法分割的波浪。

所有的水滴,所有的根茎,
所有的光线都来了,
它们迟早都会来看我。

我想拥有你的发丝。
在祖国的所有馈赠中
我只选择了你狂野的心。

47

我想看看身后树枝间的你。
你渐渐地变成了果实。
你毫不费力从根茎爬起
用浆液的音符歌唱。

在这里你将先成为馥郁的花朵,
变成亲吻的塑像定格于此,
直到太阳与大地,鲜血与天空,
通通赐予你欢愉和甜蜜。

我将在树枝上看到你的发丝,
枝叶间显现你成熟的标志,
让树叶更接近我的渴求,

我的口中填满你的灵肉,
用你从大地升起的吻
用你爱之果实的血。

48

两位幸福的恋人做着一块面包,
草地上的一滴月光,
让两个相逢的影子漫步,
在床上只留下一个空太阳。

在所有真相中,他们选择了这一天:
不是用绳线,而是用香气将其捆绑,
没有撕碎和平,没有粉碎言语。
幸福是一座透明的灯塔。

空气,红酒伴着这对恋人,
夜晚赠予他们欢喜的花瓣,
他们有权拥有所有的康乃馨。

两位幸福的恋人没有终点也没有死亡,
他们活着的时候多次生死轮转,
他们拥有大自然的永恒。

49

今日：昨日的全部逐渐消失
在光之指和梦之眼里，
明日踏着绿色的步伐而来：
曙光之河无人阻挡。

无人能阻挡你手中的河流，
你梦中的眼睛，亲爱的，
你是时光流淌的颤抖
在垂直的光与阴暗的太阳之间，

天空在你那里收起了翅膀
带领你，将你带到我的怀里
准时来到，神秘的礼节：

所以我歌唱，唱给白日和月亮，
唱给大海，唱给时光，唱给所有行星，
唱给你白日的声音，唱给你夜间的皮肤。

50

科塔波斯①说,你的笑倾泻而下
像一只猎鹰从陡峭的塔上俯身下冲
是的,没错,穿行在天地的枝叶间
以闪电之速,借势于天

倾泻而下,一刀切断,露水的舌头,
钻石的水流,光与蜜蜂欢快地跳跃
在寂静与其胡须的栖息之地
太阳与星辰的手榴弹爆炸,

暗夜已至,天倾而下,
钟声与康乃馨在满月的月光下燃烧,
修蹄匠的马在追风驰骋:

这一切只因你,小小的你
你的笑声从你的流星奔流而下
为自然之名通电闪光。

---

① Cotapos,即阿卡里奥·科塔波斯,智利作曲家,
聂鲁达好友。

51

你的笑声属于一棵被闪电击中
半开的树,那一道银光
从天而降,在树冠炸裂,
闪电之剑将树劈成两半。

在高地带雪的枝叶上
才能诞生你那样的笑声,亲爱的,
那是高处的空气释放出的笑声,
那是南洋杉的习性,亲爱的。

我的科迪勒拉①女孩,明显来自奇廉,
你用笑声中的刀割裂了阴影,
夜晚,清晨,中午的蜜蜂,

树枝上的鸟儿飞向天空
你的笑容像一束奢侈的光
劈斩过生命之树。

---

① Cordillerana,世界上最长褶皱山系,贯穿南北美洲西部。

52

你歌唱着,向着太阳,向着天空
你的歌喉为全天的谷物脱壳,
松树舞动着绿色的舌头说话:
冬季的所有鸟儿都在欢歌。

大海的地下室里充满脚步声,
钟声,铁链声和呻吟声,
金属与器皿的碰撞声,
篷车车轮在吱呀作响。

但我只听到你的歌喉,上升
如弓箭般精确地飞行,
又以雨水般的重力降落,

你的声音驱散高空之剑,
满载紫罗兰
伴着我穿越天际。

53

这里有面包,红酒,桌子与房子:
是男人,女人和生活的所需:
这里飞舞着令人目眩的和平,
这束光燃烧出平常的灼痕。

向你的双手致敬,飞快准备出
歌声与烹饪的洁白成果,
赞美啊,这跑东跑西的小脚如此和谐,
欢呼吧,你这与扫帚共舞的小舞娘。

那带有水与威胁的湍急河流,
那饱受折磨的泡沫亭榭,
那燃烧的蜂巢与礁石

今日你的血液在我的血液里安息,
这条星光璀璨与蔚蓝如夜的河床,
质朴如斯,温柔无限。

下午

Tarde

54

灿烂的理由,清晰的恶魔
完全聚集,刚直的正午,
我们终于到了这里,远离孤独和寂寞,
远离荒诞的野蛮城市。

纯洁的线条萦绕着白鸽
烈火用燃料为和平授勋
你与我创建出这天堂般的结果。
赤裸的理智与爱情住在这个房子里。

愤怒的梦境,绝对苦涩的河流,
比铁锤的梦境更艰难的决定
陷入恋人的双人杯中。

直到天平升空,化为双胞胎,
理智与爱情就像一双翅膀。
这就是透明方式的构建。

55

荆棘，碎玻璃，疾病，哭泣
日日夜夜围攻幸福的蜂蜜
灯塔，旅行，城墙统统没用：
不幸划破了梦中人的宁静，

疼痛去了又来，它的汤匙越来越贴近
没有这个运转就没有人，
没有出生，没有屋顶，没有围栏：
必须考虑这一特性。

紧闭双目沉浸爱情中也不行，
深广大床，远离瘟疫的病患
或一步步占领旗帜的征服者。

因为生活就像霍乱或河流般跳动
开凿出一条血腥的隧道，监视我们
用一双双庞大的痛苦家族的眼睛。

56

习惯看到我身后的影子
让你的双手远离怨恨,透明,
仿佛生于大海的清晨:
我的爱人,海盐给了你晶体的比例。

嫉妒受苦,死亡,被我的歌声耗尽。
它悲伤的船长一个接着一个消亡。
我说爱,世界便满是白鸽。
我口中的每个音节都带来了春天。

而你,我的小花,小心肝,亲爱的,
在我眼里你是天空的树叶
我躺在地上仰望你。

我看到阳光一簇簇移到你的脸上,
抬头仰望,我认出你的脚步。
玛蒂尔德,亲爱的,我的女王,来啊!

57

他们撒谎说我丢失了月亮,
他们预言我的未来如沙土,
他们用冷冰冰的舌头妄下断言:
企图禁绝宇宙之花。

"暴躁的琥珀不再唱起美人鱼之歌,
除了人民他什么也没有。"
他们回味着种种的角色
帮我的吉他唱响遗忘之歌。

我将耀眼的长矛抛向他们的眼睛
那是将你我之心牢牢钉住的爱的长矛,
我认领着你的足迹留下的茉莉花香,

没有你眼眸里的光,我迷失在暗夜里
当我被透明包围
我重生了,成为自己暗夜的主人。

58

在文学钢铁般的剑刃中
我像远方的水手般路过
在不熟悉的角落,我歌唱
因为如此,因为似乎并非如此。

从雷电交加的小岛上
我带来了手风琴,伴着雷暴,骤雨狂风,
还带来了大自然惯有的缓慢:
它们造就了我那颗狂野的心。

所以当文学的巨齿
试图咬住我诚实的脚跟,
我一无所知地走开了,随风而歌

朝着童年雨中的仓库,
朝着难以形容的南方寒冷的森林,
朝着生命中弥漫你香气的地方。

59

(G.M.[①])

可怜的诗人,生与死
以等同黑暗的坚韧对他们紧追不舍
然后被冷漠的浮夸掩盖
将自己交给仪式和葬礼的獠牙。

如今他们像石头一样阴暗
在那些傲慢的马匹后面被拖拽,
终被入侵者统治,
在这些爪牙中间,难以安睡。

在他们确认死者已逝之前
便把葬礼变成了一场悲惨的盛宴
用火鸡,猪肉和其他演讲者。

他们窥探他的死亡,然后侮辱他:
只因他双唇已闭,
再也不能高歌回应。

[①] G.M.在聂鲁达作品中多次出现,应该是指代他的第三任妻子玛蒂尔德·乌鲁蒂亚(Matilde Urrutia),但不是名字的缩写,而是一个隐晦爱称。G.M.猜测是"Gatita Mia"的缩写,意思为"我的小猫"。

60

那个试图伤害我的人伤害了你,
针对我的毒药攻击
像穿过一张网般穿过我的工作
却在你身上留下了锈斑和失眠。

我不想看到,亲爱的,月色如花之时
那缠绕在我身上的仇恨攀升至你的眉头。
我不希望在你的梦里留下别人的怨恨
忘记那无用的刀剑之冠。

无论我走到哪里,痛苦的脚步紧随其后,
我笑那可怕的鬼脸模仿我的脸,
我歌唱那妒忌咬牙切齿的诅咒。

而这,亲爱的,就是生活赐予我的重重阴影:
一套空荡荡的礼服,跟着我一瘸一拐
像极了带着血腥微笑的稻草人。

61

爱拖着痛苦的尾巴,
它静默如闪电般的长刺
我们闭紧双眼,因为没有任何事物,
没有任何伤害能将你我分开。

哭泣不是你眼睛的过错:
利剑并非出自你的双手:
这不是你双脚寻觅的路径:
但苦涩的蜂蜜却直达你的心窝。

当爱如一股巨浪
将我们抛向岩石粉身碎骨,
将我们磨成粉末,

痛苦落到另一张甜美的脸上
于是在绽放光芒的季节里
献祭这春日之殇。

62

我有祸了,我们有祸了,亲爱的,
我们只想要爱,彼此相爱,
在如此多的伤痛中
只有我们两个受了重伤。

我们只希望属于彼此,
吻做的你,秘密面包做的我,
仅此而已,永远简单,
直到仇恨破窗而入。

那些讨厌的人,不爱我们爱情的人,
不爱任何爱情的人,他们不幸得
像极了废弃客厅中无人问津的座椅,

直到纠缠着化为灰烬
直到布满威胁的脸庞
在暮色昏暗中消逝。

63

我不仅走在荒芜的土地上,那里的盐碱石
就像唯一的玫瑰,被埋葬的大海之花,
我也走在将大雪阻隔的河岸上。
苦涩的高山丈量我的脚步。

我荒野的故乡,一片纠结混乱、嘶嘶作响的领土,
藤蔓的夺命一吻紧锁在丛林深处,
难得脱身的鸟儿们低沉哀鸣,不寒而栗,
哦,失落的痛苦和哀嚎的土地!

不只这有毒的铜皮
这成片像雪白的卧像般蔓延的硝石属于我,
还有那葡萄园、那春天馈赠的樱桃树,

它们都是我的,而我则是黑色的原子
在干旱贫瘠的土地上,在葡萄上的秋日之光中,
在雪亮白塔升起的金属故乡里。

64

在如此丰盈的爱中,我的生活被浸染成紫色
我像盲鸟一样在不同的地方徘徊
直到我来到你的窗前,我亲爱的人:
你听到破碎之心在细语呢喃

黑暗中我飞上你的胸脯,
不知不觉间我到达了麦田的高塔,
我活在你的双手之中,
从大海升起直达你的欢喜。

没人知道我对你的亏欠,清晰明了
我亏欠你,亲爱的,就像诞生于
阿劳卡尼亚的根,我亏欠你,我的爱人。

毫无疑问,我对你的所有亏欠如漫天的星光,
我对你的亏欠如荒野中的甘泉
时光像游荡的闪电守望的地方。

65

玛蒂尔德，你在哪儿？我注意到了，往下，
在领带与心之间，在上面，
肋骨间莫名的忧伤：
只因你突然不在那里。

我需要你的能量之光
我环视四周吞噬希望，
我看着没有你的空虚的房间，
空无一物，只剩可怜的窗。

在纯粹的寂静中屋顶在聆听
那古老的无叶的雨掉落，
聆听羽毛，聆听被暗夜囚禁的东西：

就这样我像孤零零的房子般等着你
你会回来见我，回来居住。
否则这窗会一直隐隐作痛。

66

我不爱你,只是因为我爱你
从爱你到不爱你
从没有等你到等待你
我的心由冰冷变为烈火。

我爱你,只是因为我爱的是你,
我永无休止地恨你,恨你又乞求你,
衡量我这旅人的爱
是不见你,却盲目地爱着你。

也许一月的光会被耗尽,
它残酷的光摧残我整颗心,
偷走了掌控平静的钥匙。

在这段故事中,死去的只有我
我因爱而亡,只因爱你,
只因爱你,亲爱的,如血如火。

67

来自南方的大雨落在黑岛上
如一颗透明而沉重的水滴,
大海张开自己冰冷的叶子接纳,
大地了解了杯子潮湿的命运。

我的灵魂,用你的吻赐予我
数月来的咸水,大地的蜂蜜,
天空中千张嘴唇吻湿的馥郁,
冬季里大海圣洁的耐心。

有什么在召唤我们,所有的门都自动开启,
水向窗诉说着潺潺流言,
天空向下延伸,触及着根,

就这样织织拆拆白日的天网
用时间,盐巴,私语,成长,道路,
女人,男人,还有冬日的大地。

68

（船头的雕像）

那个木头女孩不是走路过来的：
她突然出现在那里，坐在砖头上，
古老的大海之花遮住了她的额头，
她的眼神里难掩根的忧伤。

她就在那里看着我们开放的生活，
我们在大地上来去，存在，行走，回归，
白日清扫了飘落的花瓣。
木头女孩守望却不看向我们。

古老的波涛为女孩加冕，
她用挫败的双眼看着：
看着我们生活在遥远的天罗地网

以时间，水，海浪，声响，雨交织的网，
她不知我们是真实存在，还是只活在她的梦中。
这就是木头女孩，她的故事。

69

也许不存在就因你没有存在,
没有你像一朵蓝花
切割正午,没有你的陪伴
在之后走入砖头与迷雾,

没有你手上的那束光
也许他人无法看到那片金黄,
也许无人知道它的成长
就像玫瑰是红色源头之乡,

存在着,却没有你,你没有到来
毫无征兆地,充满激情地,来了解我的生活,
玫瑰的阵风,微风的小麦,

从此我因你而存在,
从此,你存在,我存在,我们存在,
因为爱,我会存在,你会存在,我们都会存在。

70

也许没有流血,我却受了伤
只因你生命中的一道光
在丛林的深处,流水拦住我:
雨水连同它的天空一同下落。

我摸了摸淋了雨的心:
我知道那是你的眼睛
渗入我哀痛的广袤区域
暗影的呢喃径自响起:

它是谁?它是谁?但它没有名字
是丛林深处一片颤动的树叶或是
一汪黑水,听之不闻,仍在路上,

就是这样,我的爱人,我知道自己受了伤
在那里无人低语,唯有影子,
流浪之夜,细雨之吻。

71

爱穿过一座又一座岛屿,经历一次又一次悲伤
它扎下根,以泪水浇灌,
没有人可以,没有人可以阻止这脚步
沉默,残暴,狂奔的心的脚步。

所以你与我找寻空洞,在另一个星球
那是你的发丝不会沾盐的地方,
那是没有因我的过失而痛苦的地方,
那是面包永不耗尽的地方。

一个被距离和树叶交缠的星球,
一片荒野、一块粗重而无人居住的巨石,
用我们的双手搭建坚固的巢房,

我们想要,没有痛苦,没有伤害,没有言语,
但爱并非如此,那是一座疯狂的城市
那里的人们倚靠在露台,脸色苍白。

72

我的爱人,冬天回到了自己的营房,
大地着手建造起它黄色的礼物
我们将手放在一个遥远的国家,
地理的长发。

我们走吧!就在今天!走吧,车轮,船只,铃铛,
被无尽的白日锻造的飞机
冲向小岛的婚礼气味,
向空中纵抛米粒祈求富足!

来吧,起来,戴上王冠,往上走
往下走,跑起来,与空气,与我一起歌唱
我们去坐通往阿拉伯或托科皮亚①的火车,

只为向远处花粉四散的地方迁徙,
去找那穿着破烂却有栀子花香的村庄
由贫穷国王统治的地方。

---

① Tocopilla,智利城市,位于安托法加斯塔大区。

73

也许你还记得那个瘦削的男人
他如刀锋般从暗夜中走来
在我们知晓之前,他便知晓一切:
见到烟雾,他便认定那是火。

苍白的女子,乌发披肩
如深渊中的鱼儿般出现
在他们之间置放了一台机器
全副武装地对抗爱情。

男人与女人砍伐了山林与花园,
他们下到河边,攀上城墙,
将残忍的火炮放置山头。

就此明白,这即是爱情。
当我抬起双眼凝望你的名字
你的心瞬间指明了我的前路。

74

八月的清雨打湿路面
明亮闪耀,仿佛被满月切割,
如苹果般晶莹,
如秋实般剔透。

雾霭,空间或天穹,日光下的网
与冰冷的梦,喧嚣和鱼一起膨胀,
岛屿上升起的云雾笼罩小镇,
海面霞光熠熠,照亮智利。

万物如哑光的金属般凝聚,树叶
潜踪匿影,冬季隐藏了它的家世
唯有我们盲目地,不妥协地,独自前行。

唯有我们沿着流动的隐秘沟渠
迁徙,告别,旅行,道路:
别了,泪雨中的大自然。

75

这里有房子,大海和旗帜,
我们沿着别家的墙走错了路。
许久不见大门,听不到声音
空无一物,如死亡般沉寂。

终于,房子打开了它的沉默,
我们踏入这片被遗弃的地方,
死去的老鼠,空洞的告别,
管道里的水在默默啜泣。

哭泣,房子哭了又哭,日夜为继,
半敞的门,和蜘蛛一起呻吟,
一切从它黑色的眼眸传递,

而现在,我们突然让它恢复了生机,
我们栖身于此,它却不认识我们:
它要开花,却已忘记。

76

迭戈·里维拉[1]用他熊的耐性
在画作的森林里找寻绿宝石
或朱砂,在血液中惊鸿绽放的血之花,
在你的画像里,他汇集全世界的光芒。

他画出你鼻子上傲慢的外装,
你决堤的瞳孔里迸发的火花,
你的指甲滋生了月亮的妒忌,
在你夏日的皮肤上,西瓜般的嘴巴。

他画了两座燃烧的火山作为你的头
为了火,为了爱,为了你阿劳卡尼亚的血统,
在那两张黏附着金色泥土的面孔上

他为你戴上桀骜的野火头盔
那里正暗自缠作一团
我的眼睛盯着那塔样的全身:你的头发。

---

[1] Diego Rivera,墨西哥著名画家,20世纪著名壁画家。

77

今天，是承载逝去光阴重量的今天
是为明天所有可能展翅的今天，
今天是大海的南方，是水的暮年
是构建全新一天的各种成分。

你向着那光或那月噘起的嘴
聚集了一天燃尽的花瓣
昨天沿着阴暗的街道一路小跑
让我们记起你那张已消逝的脸。

今天，昨天，明天，一边走路一边吃饭，
我们像热情的奶牛消耗光阴，
我们的牲畜静待来日，一一细数，

但在你心里，时间是倾洒的面粉，
我的爱用特木科[①]的黏土造出火炉：
你是日日滋养我灵魂的面包。

[①] Temuco，智利中南部城市，是阿劳卡尼亚区的首府。

78

我再不会有了,我从未有过。在沙滩上
胜利留下它迷茫的脚印。
我是一个愿意去爱自己同胞的男人。
我不知道你是谁。我爱你。我不给也不卖荆棘。

也许有人知道我没有编织
血腥的王冠,知道我与流言抗争,
而这确实使我的灵魂满潮。
我用白鸽对付卑鄙。

我从未有过,因为我与众不同
过去,现在,未来。以我
变幻之爱的名义,赞颂纯洁。

死亡不过是一块被遗忘的石头。
我爱你,吻你嘴角的欢喜。
带些木柴,我们要在山上燃起篝火。

夜

Noche

79

在夜里,亲爱的,将你的心与我的心系在一起
愿它们在睡梦中联手战胜黑暗
就像在森林里敲击的双面鼓
对抗潮湿树叶堆起的厚墙。

穿越夜空,梦的余烬
截断地面的葡萄丝
守时得像一列狂奔的火车
阴影与冰冷的石头疯狂摇摆。

所以,我的爱,请把我系在纯粹的运动上,
与你胸中跳动的坚贞
与沉入水中的天鹅翅膀,

愿问向星空的问题
仅一把钥匙就能回答我们的梦,
用唯一一扇被阴影关闭的大门。

80

我从旅行与痛苦中归来,亲爱的,
你的歌声,你在吉他上飞舞的手,
用热吻扰乱秋日的火苗,
天空中,夜月徘徊。

我为所有人乞求面包与主权,
为不幸的村夫乞求农田,
祈愿没有人要我止息的鲜血或歌声。
只有我对你的爱至死方休。

宁静月色下演奏着华尔兹,
吉他的水中唱着船歌
直到我低下头,梦想着:

用我生命中的所有失眠之夜编织了
这座花房,供你的手居住和飞翔
守护着沉睡旅人的梦乡。

81

你已经属于我。睡吧,让你的梦在我的梦里安眠。
爱,痛苦,工作,现在都该歇息。
夜晚转动它无形的车轮
在我身旁,你纯洁得如同酣睡的琥珀。

亲爱的,不会有其他人与我的梦同眠。
你要去,我们会一同穿越时光之水。
没有人与我同行穿过阴影,
唯有你,永生,永远的太阳,永恒的月亮。

你已经张开纤细的拳头
漫不经心地落下轻柔的手势,
你的眼眸闭合像两只灰色的翅膀,

我沿着你洒下的水,它引领着我:
暗夜,世界,微风都乱了方寸,
如果没有你,我不再是我,只是你的梦境。

82

我的爱人,当关上这扇暗夜之门时
亲爱的,请随我进行一次穿越黑暗的旅行:
封存你的梦境,带着你的天空进入我的眼睛,
在我的血液里伸展四肢,就像在一条宽广的河流。

再见了,再见,清晰的残酷正在坠落
在满载过去每一天的行囊里,
再见了,钟表或甜橙的每一缕光芒,
你好,哦,暗影,时有时无的伴侣!

在船舰或海水或死亡或新生里,
我们再次合二为一,沉睡,复活,
我们是鲜血中的暗夜夫妻。

我不知道谁活着抑或死亡,谁沉睡抑或醒来,
但我知道是你的心
在我的胸膛里分发黎明的馈赠。

83

亲爱的,有你在身边的夜晚真好,
你沉浸于梦中,如此坦诚的夜,
这是我理顺乱网般
忧虑的时刻。

缺席者,你的心在睡梦中航行,
但你被抛弃的身体却在呼吸
寻觅我却看不到我,完成了我的梦境
像一株在阴凉处生长的植物。

等明天醒来,你将成为另一个人,
但此时迷失在这了无边界的夜,
在这存在与否的地方你我相遇

某个事物在生命的光芒里越来越近
就像影子的封印
那伴火而生的秘密生物。

84

再一次,亲爱的,白日的网已熄灭
工作,轮子,火焰,鼾声,告别,
我们把正午从阳光与土地中获得的
摇曳的小麦交给黑夜。

只有月亮在它洁白的书页中央
它撑起天空河口的柱子,
房间弥漫着金黄的悠然
你的手慢慢地准备着夜晚。

哦,亲爱的,哦,夜晚,哦,被河水封闭的穹顶
在天空的暗影下,河水深不可测
暴雨下的葡萄在水中时现时隐,

直到我们只有一个黑暗的空间,
一个承载天空灰烬的杯子,
一滴在缓缓流淌的长河脉搏中的水。

85

朦胧的迷雾从海上弥漫到街区
却像身处严寒中的牛吐出的热气,
水汽在它长长的舌头上积聚,盖住了
承诺我们有湛蓝天空的月份。

超前的秋天,嘶嘶作响的树叶蜂巢,
当你的旗帜飘扬在城镇上空
疯狂的女人们歌唱着与河水告别,
马匹朝着巴塔哥尼亚[①]的方向嘶鸣。

你的脸颊上有晚霞的藤蔓
受到爱的滋养而悄然生长
直到天际出现噼啪作响的马蹄铁。

我扑向你暗夜中身体的火焰
不仅爱你的乳房,也爱这
在薄雾中播撒深蓝血液的秋天。

---

① Patagonia,位于南美洲地区,主要部分在阿根廷,小部分属于智利。

86

哦，南十字星，哦，馥郁的磷光三叶草，
今天用四个吻深入你的美丽
穿过暗影和我的帽子：
月亮在寒冷中轮转。

然后伴着我的爱和我的爱人，哦
蓝色的冰霜钻石，天空的寂静，
镜子里，你出现了，暗夜
因你四座颤动着酒香的酒窖而丰盈。

哦，去鳞的鱼肉和荡漾的银光，
绿色的十字，阴影里光鲜的西芹，
注定聚集于天空的萤火虫，

在我怀里安歇吧，让我们一起闭上眼睛。
在这一分钟与人类的夜晚共眠。
在我体内点燃你灿若繁星的四个数字。

87

大海的三只海鸟,三道闪电,三把剪刀,
穿过寒冷的天际,朝安托法加斯塔①飞去,
空气为其瑟瑟发抖,
万物因其颤抖如破碎的旗子。

孤独,请给我你永不间断的源头标记,
坚强的鸟儿千难万险的路径,
毫无疑问是来临前的悸动
先于蜂蜜,先于音乐,先于大海,先于诞生。

(不变的面庞支撑的孤独
像一朵沉重的花不停蔓延
直到触及天堂里纯洁的人群。)

来自大海,来自群岛的冰冷翅膀在翱翔,
向智利西北的沙漠飞去。
夜晚为天空插上门闩。

---

① Antofagasta,智利北部最大的港口城市。

88

三月带着它暗藏的光归来
巨大的鱼在天空中滑行，
地上氤氲的雾气秘密行进，
事情逐一陷入静默。

在这场充满变数的大气危机中
幸运的你将大海与火的生命结合在一起，
冬季船舰的灰色轨迹，
爱印在吉他上的标记。

哦，爱人，被人鱼与泡沫打湿的玫瑰，
舞动的火爬上无形之梯
唤醒了在失眠隧道中的血液

为了让天空的浪花消散，
大海忘记了它的货物和狮子
世界掉入黑暗的大网。

89

在我死去时,我想将你的手放在我的眼睛上:
我想要你心爱的手上的那束光和小麦
再次将那澄净传递到我身上:
让我感受改变我命运的温柔。

我希望你活着,而我睡着了,等待着你,
我希望你的耳朵继续倾听风的声音,
你继续嗅着我们共同爱过的大海的气息
你继续踏在我们共同走过的沙滩上。

我希望我所热爱的事物都能继续活下去
我对你的爱及歌颂超越一切,
就请继续绽放,盛开,

愿你能满足我的爱所要求的一切,
让我的影子可以在你的发梢漫步,
让人们理解我歌唱的缘由。

90

我想到了死亡，感到彻骨的寒冷，
在剩下的生命里我为你而活：
你的嘴曾是我世界中的日与夜
你的皮肤是我用吻建立起的共和国。

在这一刻，所有的书都已结尾，
友谊，不断积聚的宝藏，
你与我搭建的透明小屋：
一切都不复存在，除了你的眼睛。

因为有爱，当生活烦扰时，
那只是高过其他浪花中的一朵
但当死神来敲响房门时

只剩你的目光注视一切虚无，
只有你的清澈洗净尘埃，
只有你的爱结束阴暗。

91

年龄像细雨般覆盖着你我,
时间无尽又枯燥,
一根盐的羽毛触到你的面颊,
一阵雨啃噬我的衣服:

时间分辨不出我的手
或你掌心躺卧的橙子:
生活被雪与锄头敲击:
你的生命亦是我的生命。

我将我的生命交给你
它布满沧桑,就像饱胀的葡萄。
大地是回归的故乡。

即便在那里,时间依然存在,
等待着,雨水滴落在尘土之上,
渴求着抹去一切直至消失。

92

我的爱人,如果我死了而你尚在人间,
我的爱人,如果你死了而我尚在人间,
我们不要再让忧伤占据更多的领土:
我们生活的地方是最广阔的地方。

小麦中的灰尘,沙滩里的沙,
时光,漫游的水,缥缈的风
像飞逝的种子引领我们。
否则我们无法在时空中及时找到对方。

在这片让你我相遇的草原,
哦,小小的无限!我们将其归还。
但这爱,这爱,从未止息,

就像它从未出生
从未死亡,如一条长河,
只是变换了大地与嘴唇。

93

如果你的胸腔停止颤动,
如果某样东西在你的血管里不再燃烧,
如果你口中的声音消逝却话未成形,
如果你的双手忘了飞舞而酣然睡去,

玛蒂尔德,亲爱的,请将你的唇微张
因为你最后的吻要留给我,
我的吻要永远停泊在你的唇
这样它也能陪伴我直至我的亡期。

我会吻你疯狂而冰冷的唇,
拥抱你失去灵魂的身体,
在你紧闭的眼里寻找着光死去。

如此,当大地接受我们的拥抱时
我们会在死亡中迷失方向
永远活在这永恒的吻里。

94

如果我死了,请你以纯粹的力量全力活下去
唤起苍白与寒冷的怒火,
从南方到南方,睁开你不可磨灭的双眼,
从阳光到阳光,让吉他的声音萦绕在你的嘴边。

我不愿你的笑声或脚步有所迟疑,
我不愿我欢乐的遗产消亡,
不要对我的胸膛呼唤,我不在。
你要住进我的消逝里,如同住进房子。

消逝是如此巨大的房子
你将穿过围墙
把画作悬在空中。

消逝是如此透明的房子
即便我死了,也愿看着你继续生活
如果你受苦,我的爱人,我会再次死去。

95

谁会像我们一样相爱?让我们去找寻
燃烧的心残留的古老灰烬
让我们的吻一个接一个地落在那里
直到无人问津的花朵复活。

我们爱着那消耗果实
以及带着面容和力量落入人间的爱情:
你与我是一往无前的光,
是坚定不移的细穗。

爱被如此寒冷的时光,
被雪与春天,被遗忘与秋天埋葬,
让我们把新苹果之光发扬光大,

新伤口打开的新鲜,
如同古老的爱静默地行走
穿过被埋葬的口唇,直至永恒。

96

我在想,你爱着我的这段时光
将会被另一种蓝色取代,
会有另一张皮肤附在同样的骨头上,
会有另一双眼看到春光。

那些捆绑在此刻的人,
那些与烟雾交谈的人,
政府,商人,过客,
没有人会在自己的线绳上继续前行。

那些戴着眼镜的残酷神明会离去,
那些拿着书本的多毛的食肉动物,
那些蚜虫和那些蛀虫。

当这个世界被重新洗净时
会有新的眼睛诞生在水中
会有无泪的麦子生长。

97

是时候起飞了,但飞往哪里?
没有翅膀,没有飞机,却毫无疑问地起飞:
脚步已经踏出,无法补救,
旅人的双脚却未曾抬起。

你要时时刻刻飞翔
就像苍鹰、苍蝇,以及时光,
我们必须征服土星的眼睛
在那里敲响新的钟声。

鞋子与道路已不够用,
大地对流浪者而言不再有用,
根早已穿过夜晚,

你将出现在另一颗星星
坚定而短暂
最后变成一朵虞美人。

98

这个词,这张被一手
化千手所书写的纸,
它没有留在你心里,抑或梦里,
它落到地上:在那里继续。

无论光明还是赞美
都从酒杯溢出
如果这是红酒持续的战栗,
如果这是你的唇染上苋菜的颜色。

不再需要迟来的音节,
珊瑚礁从我的记忆中
带来又拿去,愤怒的泡沫,

它只想写下你的名字。
即便我阴沉的爱说不出口
春天也会在稍后诉说。

99

未来的日子将会到来
植物与行星的沉寂将被理解
很多纯粹的事情将会发生！
小提琴将会散发出月亮的香气！

面包也许就是你的样子：
有你的声音，有你小麦的特质，
他们会用你的声音闲聊他事：
在秋日里迷途的马匹。

虽然不如所愿
爱仍会将巨桶填满
就像牧羊人的古老蜂蜜，

而你在我心头的尘土中
（那里会有巨型仓库）
你将在西瓜间来回走动。

100

在大地中央，我会把祖母绿
推到一旁，只为能看到
你像一名信使
用水做的笔抄写植物的抽穗。

多么美好的世界！多么深奥的欧芹！
在甜蜜中远航的船多么幸福！
也许你，也许我，是一块黄玉！
钟声里不再有分裂。

什么也没有，唯有自由的空气，
随风而来的苹果，
枝头上多汁的书籍，

在康乃馨呼吸的地方
我们将做一件礼服
一直穿到胜利之吻的永恒。